KB054288

문학과지성 시인선 606

우연한 미래에
우리가 있어서

신용목 시집

문학과지성사

문학과지성사에서 펴낸 신용목의 시집

그 바람을 다 걸어야 한다(2004)
아무 날의 도시(2012)

문학과지성 시인선 606

우연한 미래에 우리가 있어서

초판 1쇄 발행 2024년 7월 17일
초판 4쇄 발행 2024년 11월 12일

지은이 신용목
펴낸이 이광호
주간 이근혜
편집 유하은 이주이 김필균 허단 윤소진
마케팅 이가은 최지애 허황 남미리 맹정현
제작 강병석
펴낸곳 ㈜문학과지성사
등록번호 제1993-000098호
주소 04034 서울 마포구 잔다리로7길 18(서교동 377-20)
전화 02)338-7224
팩스 02)323-4180(편집) / 02)338-7221(영업)
대표메일 moonji@moonji.com
저작권 문의 copyright@moonji.com
홈페이지 www.moonji.com

ⓒ 신용목, 2024. Printed in Seoul, Korea

ISBN 978-89-320-4297-8 03810

이 책의 판권은 지은이와 ㈜문학과지성사에 있습니다.
양측의 서면 동의 없는 무단 전재 및 복제를 금합니다.

이 도서는 2024년도 한국문화예술위원회 문학 창작산실 발간지원 사업에
선정되어 발간되었습니다.

문학과지성 시인선 606

우연한 미래에 우리가 있어서

신용목

시인의 말

매번 나를 닦고 지나가는 시간의 방에서 쓴다. 그래서

오랜 뒤 이 방을 꽉 짜면,

나는 몇 방울 얼룩으로 떨어질 것이다.
그 얼룩 속에
간신히 첫 문장이 남는다면……
내 사랑의 시작, 열아홉의 맹세들에게.
혹은
밤과 우기와 슬픔의 풀숲에서 여전히 푸른 벗들에게.
혹은
세미콜론으로 이어지는 내 이유의 주인들,
그리움은 거기 있어서

너에게, 다시 너에게.

무엇보다도
나조차도 견디기 힘든 나를 견뎌준 이신주에게,
라는 문장이…… 그리고

나머지 문장들은 이 시집 속에 있을 것이다.

2024년 7월
신용목

우연한 미래에
우리가 있어서

차례

3부 할인 마트 간판에 불이 켜지는 시간이면 나는 냉동육과 가족을 구분할 수 없습니다

4부 이제 내려가요 밥 먹을 때잖아요

5부 우리가 미래에 대해 아는 것이 아무것도 없어도 내일이 오는 것처럼

**6부 평생 같은 말을 반복하는 앵무새도
늙어 죽겠지**

**7부 제 몸속의 아이들을 침묵 속에 가두느라
어금니가 다 상해버린 마법사**

발문

0부
하루를 더 사는 일은 한 명의 사라진 나를
두 명의 사라진 나로 만드는 일이다

봄 학기

한 권의 사라진 책을
두 권의 사라진 책으로 만들고

복삿집 창 너머로 구름을 보았다 푸른 쓰레기통, 하늘에
던진 것 같은

내가 구긴 종이에는 모두
같은 문장이 적혀 있다, 하루를 더 사는 일은
한 명의 사라진 나를 두 명의 사라진 나로 만드는 일이다

차임벨이 울리고
복삿집 문틈으로 빛이 쏟아졌다, 한 사람이 들어오고
한 사람이 나가고

하나의 하늘에서 빠져나가기 위해 빛 속을 지나가는
구름,

하나의 몸에서 빠져나가기 위해
문을 열고 나갔다 그러나

매번
걸리고 만다, 차임벨 소리를 내며 멈췄을 때 바람이 하
루의 덮개를 열고
사이에 낀 나를 바닥으로

바닥으로

내던질 때, 원본은 잠들어 있을 것이다 가방 안에
하나의 빛이 두 개의 눈을 찌르는 복삿집, 의자에 걸어
놓은 *가방 안에*
들자마자
느닷없이 쏟아지는 *가방 안에*

이면지 같은 희망 안에

문을 열고 나오면 신호등에 걸려 있는 인파, 구겨졌다
펴지는 횡단보도
버스에는 잠든 사람들,
서자마자

한꺼번에 쏟아져 나오는…… 그러나
나는 이미 수업에 늦은 사람
학교는 아직 도착하지 않은 나를 세 명의 사라진 사람
으로 만들고 있을 것이다

빳빳하게
다린 옷을 입고 걸었다 유리마다 빛이 지나가고, 천천
히 흘러내린
구름이
어디론가 쓸려 가고 있었다, 그러나
진짜 나는 가방 안에 있을 것이다 슬쩍 몸을 비틀면

까맣게 타버릴 것이다
밤이 될 것이다

가방에 달린 지퍼를 길게 열고 차임벨 소리가 나를 구
길 것이다

눈사람에게 공장을 돌리게 하자

검은 그림자 같다. 짙어지는 어둠 같다. 투명한 밤 같다.
편의점 간판과 유리창, 좁은 화단을 타고 저 끝까지 길
게 흐르며 횡단보도 앞에
귀가자를 세워놓은 저녁 신호등처럼
비는,

겨울 공터에 눈사람을 세워놓고

봄 끝까지 길게 흘러온 것 같다.
저녁 그림자처럼

긴 하루의 끝까지 흐르는 사람.
터벅터벅, 걸으면 신호등은 금방 깜빡거리고 잠시 푸르
게 물든 사람이다가 꺼지면
검은 나무 같다. 붉게 타는 잎 같다. 그림자에서 자라나
는 머리카락. 헝클어진
비 같다.

번지며, 절반쯤은 이미 어둠이거나

깜빡이며 지워지는 얼굴.

나는 비에 달린 작은 손을 본 적이 있다. 낮술을 팔던 수
리된 고택이었지. 일제히 쏟아지더니, 어느 순간 유리창
을 붙잡고 멈춰 있었어. 끈질기게, 마치 두드리다 멈춘 것
처럼. 손바닥이 하얗게 질려 있었지. 비의 입술을 본 적도
있다. 길 건너 맥도날드 간판이 켜졌을 때, 비는 제 얼굴의
가장 둥근 끝에서 붉은 입술을 열고 이렇게 말했어.

눈사람이 서 있던 자리를 찾고 있다
고. 자신을 이곳까지 흘려보낸 슬픔을 찾고 있다고. 영원
히 녹으며, 비에게 끝나지 않는 저녁을 입혀준 계절을 찾
다가

나를 보았지. 비에게

나는 횡단보도였을까. 언제나 건너편을 가지고 있어서
잠시, 유리창 안에서 두 눈으로 깜빡이는 신호등이었을
까. 푸른빛과 붉은빛. 거기 으깨어진 내 비 오는 저녁 속
에서 바퀴 소리를 내며 이번 생을 굴러다니는 자동차들을
세우고 싶었을까.

귀갓길.

우산을 들고 있어도 바지는 비에 젖고, 바지가 젖으면 꼭 내 그림자가 몸을 타고 올라오는 것 같은데. 조금씩 그림자가 되어

나는 흘러온 것 같은데,

고백하지 않았어. 내가 눈사람이었다고. 건너편을 지나 비탈 너머엔 집, 저녁을 먹고 빨래를 하고 슬픔도 없이 자고 나면

다시 공장을 돌리러 갈 시간이거든.

시계탑

고등어를 토막 내기 위해 칼을 집어 들었을 때, 칼날에
베인 형광등 빛이 먼저
도마 위에 스러질 때
내일 대기 질이 매우 나쁨을 나타낼 것으로 예상됩니다
텔레비전에서 흘러나온 아나운서의 목소리가
공기 중에 떠

침묵처럼

집 안을 투명하게 가득 채울 때,

울리지 않는 전화벨
들리지 않는 종소리 이제는 멈춰버린 바람과 기억으로
부터 사라진 목소리가,
멈추기 직전의
잊히기 직전의
시간을 놓치지 않으려고, 삶이 스쳐 간 모든 아픔으로
부터 다친 손을 끄집어내

세상을 꽉 움켜쥐고

태양이라는 노란 마개를 열고 하루를 다 짜내고 있을
때, 저녁을 온전히 견디는 자의 몫으로 돌려놓기 위해서
찌그러지는
어둠 속에

불을 켜고,

비린내를 한 장씩 오려 종소리를 만드는 사람들, 긴 당
그래 허공을 밀며 그러모은 총소리를
분수대 물로 씻어 다시 아이로 세우는 사람들,

아이가 뛰어노는 광장에서

스스로를 키우는 사람들의
식사 시간

밥이 끓고, 칼을 들고 한 손 가득 푸르게 누워 있는 목숨

을 직전처럼 바라볼 때

　불현듯 나는 구도청 앞에 서 있다, 등 뒤로 바다를 끌고
온 아이가 불처럼
　펄떡이는 지느러미를
　금남로 검은 아스팔트로 눕혀놓고, 그물 가득 담긴 차
들을 문어로 가오리로 가물치로 풀어놓고
　불현듯 나타나
　서울을 묻는다, 젖은 운동화 똑똑 물을 흘리며
　나는 다 잊어서 *그러면 찾아야지* 사월이 어디더라 먼
역사의 개찰이 끝나기 전
　귀룽나무 층층나무 국수나무 물푸레나무 끝에 핀 하얀
꽃들의 길을 따라, 그러나
　기차는 갔네 봄날의 소풍처럼
　그러면 불러야지 저기 무등산 능선 따라 사월 철쭉 자
리 찾아가다
　큰괭이밥에 쓰러지고
　노루귀
　복수초 찾아가다 무너진 곳에 냉이꽃,

흰 파도의 꽃말로

서울을 묻는다, 찌그러진 어둠을 바다로 가득 채우며
그러면 가야지
오월 저녁은 토막 난 생선처럼 갈라진 속을 보여준다
피를 보여준다 아무리 짜내도
다 빠지지 않는 붉은빛

1부
열아홉의 내가 자신의 미래를
보고 싶어서 삼십 년을 살았다

우연한 미래에 우리가 있어서

열아홉의 내가
자신의 미래를 보고 싶어서
삼십 년을 살았다

내 미래는 이런 거였구나, 이제 다 보았는데
돌아가서
알려주고 싶은데, 여전히 계속되는 시속 한 시간의 시
간 여행을 이제 멈추고
돌아가서
알려주면, 열아홉의 나

자신 앞에 놓인 삼십 년의 시간을 살아보겠다 말할까
아니면
살지 않겠다 말할까

까만 먹지 숙제에 영어 단어 대신 써 내리던 이름과 아
무렇게나 쓰러뜨린 자전거
바큇살처럼 부서지는 강물을 내려다보며, 물은 흐르는
것이 아니라 높은 곳에서

끝없이 뛰어내리는 거라고

생각하던 긴긴밤으로부터

나는 겨우 하루를 살았는데, 생각 속에서 삼십 년이 지나가고
넌 그대로구나
꿈에서는 스물하나에 죽은 친구가 나타나, 우리가 알고 지낸 삼 년을 다 살고
깨어나면 또 죽고

열아홉 살 다락방, 고장 난 시곗바늘을 빙빙 돌리다 바라보면
창밖은 시계에서 빠져버린 바늘처럼 툭 떨어진 어둠,
그러니까
열아홉을 떠올리는 일은 열아홉이 되는 일이 아니라 열아홉까지의 시간을 다
살게 하는데, 어둠 속에 촘촘히 박혀 있는
시곗바늘처럼

눈을 감으세요, 이 이야기를 아는 사람은 이미 죽어서
이 이야기를 듣기 위해 당신은 죽어야 합니다
귀를 막으세요, 이 이야기를 하기 위해 나는 죽어서 이
이야기를 영영 모르는 사람이 되어야 합니다
당신은 어디 있나요, 두리번거리며

태어나지 않은 사람의 죽음을 찾습니다 긴긴밤이라면
그건
우리 다 아는 이야기,
잠으로는 견딜 수 없는 어둠을 발끝으로 더듬으며 죽은
사람의 생일이 지나가는 것처럼

나는 삼십 년을 살았는데, 네게는
하루가 지나갔구나
어느 날 삼십 년 후의 내 기억이 알 수 없는 이유로 열아
홉 나에게 닿아서는

다락방, 시계 속 단단하게 감겨 있던 검은 태엽처럼

같은 밤을 돌고 도는 생각으로부터

나는 시작된다, 꿈의 긴 복도가 늘어선 형광등처럼 하나씩 꺼지는 아침마다

나는 내가 모르는 내 몸에서 빠져나와 내가 알고 있는 내 몸으로 들어간다

내 몸은

내가 영원히 졸업하지 못하는 학교,

점심시간

까무룩 잠들었다 깨어나니 아무도 없고

리넨 커튼 사이로 빛이 쏟아져 들어왔다 낮이라는 피를 잔뜩 묻힌 톱처럼

그 빛은

짐승의 배 속에서 죽은 새끼를 꺼내듯

정오의 단단한 시간을 갈라

잠시

내 인생을 전부 보여주었지, 도굴꾼이 다 털고 간 공동묘지처럼 모든 창문이 파헤쳐진 풍경을 한 칸씩 열고

안녕, 스물하나에 죽은 친구가 열아홉의 나에게 인사를 한다 네 얼굴 앞에서도

이상하게 나는 참을 수 없이 네가 보고 싶은 마음에 가만히 손을 내밀었는데

손가락이 닿자 부드러운 모래처럼

은빛 비처럼

네 얼굴이 흘러내리고, 그것이 작은 알갱이로 부서지는 네 목소리라는 것을 안 나는

말렸지, 아무 말도 하지 마

고개를 저으며

그러나 너는 얼굴과 목소리를 맞바꾸며

말한다, 끝까지 닿을 수 없는 수평선 그것이 나를 감았다고

아름다운 것

그것이 나를 죽였다고, 끝까지 아픈 것

산수유 노란 꽃들이 공중에 속삭여놓은 목소리처럼 흩어져 있었다

말려도, 내 손가락이 너를 잃은 오후의 운동장에서 햇빛은 교문처럼 닫히고

네 목소리는 사라져 사물함 자물쇠처럼 허공에 채워진
다, 그랬잖아

우린 모두 매점 앞에 내놓은 파란 의자에 앉았다 갔잖
아, 그때 물속인 듯 느리게 날리던 낙엽들을
　모두가 당첨되는 가을의 추첨식을
　이별을
　다 치렀잖아, 딸기우유 갑을 노을처럼 남기고
　하루의 깊고 짙고 흔들리는 커튼 뒤로
　뒷모습으로
　떨어졌잖아, 저녁의 바닥에서 발견된 것은 차가운 밤뿐
이지만
　내 몸은
　영원히 졸업하지 못하는
　나의 학교, 그러나 우리의 계절이 같았을까
　생각하며
　혼자 등교한 마음들이 나란히 책상 줄을 맞추고 공책을
펼치면

한 명의 내가 '나는 이 세상과 어울리지 않는 것 같습니다' 써놓고 웃고 또

한 명의 내가 '나는 잘하고 있습니다' 써놓고 울고, 열아홉의 내가 책상 위에

걸상을 올리고

그러나 우리의 밤은 같았다고,

생각하며

스무 살의 내가 창문을 닦는다 그건 스물하나의 내가 깨고 만 창문, 바람이 운동장 모래를 들고 와 깨진 자리를 문지른다, 내 기억 속 삼십 년이

단 하루 그날을 지워내듯 단 하루

그날에 베이듯

이제 그만하자, 그 말 속에 미래가 들었는지 과거가 들었는지 몰라서

책을 펼치면,

미래는 결국 망하는데 아직 살아 있는 사람이 있어서 절망이 있다면

과거는 이미 끝났는데 아직 죽지 않은 마음이 있어서

희망이 있다면
　　현재는 어디에도 없는데

　　어딘가에 사랑하는 사람이 있어서
　　살고 있다면

　　그런 망각에 대해서라면
　　비가 전한다,
　　바닥에 부딪쳐 빗방울은 모두 기억상실증에 걸려버렸어
　　그렇지 않고서야 흙탕물로 고여 첨벙일 리 없잖아 거기
한 바가지 보태진
　　구정물 같은 마음으로
　　아니, 허기진 짐승처럼 바닥을 핥으며 앞다퉈 하수구
속으로 뛰어들 리 없잖아
　　비의 입장에서 보자면
　　우산은 망각의 현장을 바꾸는 거겠고, 뺨은 망각을 슬
픔으로 바꾸는 귀갓길인데
　　아니

서른에는 뭘 했나, 서른하나가 지우고 간 서른 살 어쩌면
서른아홉이 지우고 간

마흔의 나는 간혹 지인의 졸업식을 찾아다녔네, 검은
교복으로 갈아입고

흰 꽃을 바치고

우두두두 시계에서 빠져버린 바늘처럼 하나같이 구부
정히 앉아서는

술을 마셨지, 아무도 누가 시침이고

초침인지 묻지 않으며

밤낮이 돌아가는 창문을 태엽으로 바라보았지, 한 번은
사랑이었으나 나머지는

후회여서

채점 이외에는 아무것도 남지 않는 인생을

복습하며,

이제 강을 버리고 페트병에 담긴 물이 삐뚤빼뚤한 책상
줄처럼 환한 냉장고에서

흐르는 것을 배우기 위해 종이컵으로 건너가는 것을

습지를 알기 위해 상 위에 쏟아지는 것을

복기하며,

그러나 그 순간 투명한 물에 담겼던 형광등 빛이 내 몸
속에 들어와
책상을 긋던 도루코 칼처럼 하루를 가르고
일 년을 가르고,
내 몸속에서 바다를 꺼내 과학실 해부대에 핀으로 꽂아
놓은 것처럼
삼십 년 전부가 환하게 걸려 있는데

그때 알았을까,
어쩌면
내 몸은 삼십 년을 뚫어놓은 구멍이라는 것을, 어둠마
저 환하게 비추는 슬픔 속에서
어쩌면
어제와 오늘을 뚫어놓은 잠처럼, 내 몸은
뾰족하게 깎은 인생으로

시간을 뚫어놓은 구멍, 그 속에서 회오리치는 사랑이
붉은 피로 돌고 있어서

연필심처럼 짧아지는 청춘을 감추려고

때로 숨었을까,

시간이 후라시를 비추며 어슬렁거리는 밤의 능선이 있
어서 망각의 덤불 속에 웅크리고 앉아

내 속의 아이가 깨지 않기를

그래서 울지 않기를

바랐으나, 매번 아이는 울고 다급히 아이의 입을 틀어
막느라 아침마다

한 명씩 몸속의 나를 죽이고

텅 빈 구멍으로 깨어나는,

그게 내 잠이라서

꿈은

죽은 자들의 삶을 보여줍니다, 삶이 죽은 자들의 꿈을
보여주는 것처럼

삼십 년의 절반을 가져간 밤의 깊은 곳에 몸을 누이고,
슬픔의 학교를 여는 것

태어나지 않은 자의 생일처럼,

책상의 유언은 자신을 나무로 기억해달라는 것이 되겠지

걸상의 유언은

자신을 높은 곳으로 솟구치는 분수의 바닥이나 먼 풍경을 고스란히 앉혀놓은 전망대로 기록해달라는 것이

되겠지만

어느 날 깨어나면, 여전히 불 꺼진 교실에 줄지어 있는 스스로를 발견하겠지

한때 새들의 집성촌이었으나

거미의 생가로 남는 밤, 지평선처럼 그어진 칠판에 '자율 학습' 네 글자를 현기증으로 건네주며

밤이 눈을 뜨고 귀를 열고 시작하는 이야기,

그러나

그건 지나온 길에 모르고 흘린

빵 부스러기 같은 것, 새들이 쪼아 먹고 퍼덕이며 하늘을 온통 시리게 만들던 것

쥐들이 주워 먹고

작고 날카로운 이빨로 밤의 물컹한 몸통을 갉아내며 벌겋게 신음하게 만들던 것

어느 날, 삼십 년 후의 내 기억이

쉬는 시간

매점 앞에 나란히 모여 앉은 열아홉 머리 위에서 물들기 직전의 산수유꽃으로

바람에

이유 없이 흔들렸던 것,

긴긴밤이라면

눈을 뜨세요, 이 이야기를 모르는 사람만 여태 살아서 이 이야기를 잊기 위해 당신은 살아야 합니다

귀를 여세요, 이 이야기를 듣기 위해 나는 살아서 이 이야기를 영영 듣지 않은 사람이 되어야 합니다

잠은 망각을 잡히는 전당포라서, 우리는 꿈을 들고 가슬픔을 바꿔 옵니다 긴긴밤이라면

그건

우리 다 모르는 이야기,

잠으로만 오를 수 있는 계단을 한 걸음씩 더듬으며 나

는 당신의 다락방에서 하루를 청합니다

거기 태고가 있으나 나는 겨우 삼십 년,
하루가 지나간다

2부
음악을 모르는 것처럼 피아노는
흰색과 검은색을 가졌을 뿐인데

독주회

기념일이었다, 아름다운 공연을 보았지 생일은 언젠가 죽을 거라는 약속을 묻어놓은 하루

음악은 왜 사적지를 갖지 못할까

지킬 수 있는데, 파헤쳐진 몸은 내 것이어도 나만의 것은 아니어서 박수를 치면서도 울게 된다

바보 같지만,

아름다운 공연을 보았지 우리는 각자의 몸을 무대로 내어 주고

사랑이 등장하길 기다리고 이별이 퇴장하길 기다리다

국숫집으로 향한다

바보 같아서, 다 식은 몸을 청춘의 젓가락으로 헤집는다 작년의 허기를 올해도 채운다

바보 같아도, 멈출 수 없어서

기념일이면, 장마를 모르는 것처럼 비가 내리고 폭설을 모르는 것처럼 눈이 내리고

음악을 모르는 것처럼 피아노는

흰색과 검은색을 가졌을 뿐인데, 죽음을 모르는 것처럼

사랑하는 사람이 있다 스위치를 올린 밤하늘처럼 잠시 빌
린 아름다움을 주렁주렁 매달고 제 몸을 지지는 사람

　몸통만 남은 플라타너스

　아래에서 등산 점퍼를 입은 노인과 베레모를 쓴 노인이
흰 돌과 검은 돌을 손안에 돌리며 바둑을 둔다, 계가는 아직
　시작도 안 했는데
　짧은 실랑이 끝에, 녹슨 잎처럼 붉은 지폐 한 장이 툭 바
둑판 위로 떨어진다

　그것으로 끝인 줄 알았는데, 여름에는 비 없는 장마가
계속되었다 나는 아무도 치지 않는 피아노 반주를 들으며
연락이 끊긴 사람들의 폭설 속에 있었다
　그것으로 끝인 줄 알았는데, 출판사에서 아름다운 유물
이 잔뜩 찍힌
　새해 달력을 보내왔다

수요일의 주인

신은 화요일에 하늘을 만들었다. 자신의 집을 텅 빈 허공에 띄워놓고

캄캄한 우주, 지구라는 고리에 인간을 거울로 걸어놓았다. 그가 자신을 비출 때마다

신의 슬픔으로 잠에서 깨어나는 우리가 보인다.

수요일에 바다를 만들었다. 우리가 태어난 것은 토요일. 금요일을 지나 목요일을 거슬러 우리는 바다에 왔다. 거기 비친 신의 작업실을 엿보기 위하여

수평선은 우리가 놓은 사다리의 첫번째 칸이었다. 우리는 나란히 뒷모습으로 앉아

서로를 향해 긴 못을 박아 그 사이 수평선을 가로질렀지. 밀물이 그 한 칸을 들어 올리고

우리는 다음 칸을 놓기 위해 일어섰는데 몸으로는 모자란 높이가 있어서 서로에게

박혀 있던 못이 빠지고, 수평선이 물 아래로 떨어지고

그때 우리는 연인이 아니라 연인의 초상화 같았다. 정

면에서 바라보면 비명을 지르고 있을 평온한 뒷모습으로

바다를 보자 나는 알아버렸네. 저 색을 만들기 위해 신
은 바다가 필요했다.
거기 비친 하늘이 너무 맑았다. 짐승의 배를 가르고 꺼
내놓은 순한 색처럼

고래가 온다고 했다. 목요일을 지나고 금요일을 넘어서
마침내 다다른 해변의
일요일이 헤엄치는 것처럼

많은 이야기를 들었지. 시인은 인생을 쓰기 위해 늙어
갔고 유령을 알기 위해 죽어갔어.
그리고 슬픔을 보기 위해 고래를 찾아갔지. 그것은 바
다에서 왔다가 바다로 돌아간 이야기.

고래를 보자 나는 알아버렸네. 슬픔은 신이 자신을 그
리다 망친 그림이었다.
화요일을 월요일로 만들기 위해 수요일의 바다를 찢으

며 헤엄치고 있었다.

　물 밖에서만 숨 쉴 수 있는 고래는

　물 안에서만 먹을 수 있는 고래는

　우리 사이에서 뽑혀 나간 못 자국을 두 눈으로 뜨고, 한
칸의 부러진 사다리처럼

　바다를 떠다니고 있었다. 물에 젖은 종이와 물에 풀린
물감과 마침내 물에 불은

　자화상이 가라앉는 것처럼

　많은 이야기를 잊었지. 신을 예배당 첨탑에 가두고 쉬
는 날에만 깨워서 일을 시켰어.

　마침내 기도라는 언어를 발명했지. 그것은 토요일의 시
인이 일요일에 신이 된 이야기.

　서로를 보자 나는 알아버렸네. 사랑을 만들기 위해 신
은 인간이 필요했다.

　그에게는 늘 이별이 부족해서 여전히 자신의 전능이 인
간의 슬픔인 줄 몰랐다.

사랑 안에서만 믿을 수 있는 우리는

사랑 밖에서는 믿을 수 없는 우리는

수요일에 끝나는 이야기가 있어서 썰물을 등지고 돌아섰다. 비명을 기도 속에 남기고

인간에게는 늘 기적이 부족해서 누구나 자신의 삶이 슬픔의 종교란 걸 알았다.

사랑해. 다른 사람에게 말해도 같은 목소리가 재생된다. 세상의 모든 전화기는 전염병을 앓고 있고 지금 그것은 우리 손안에 있다.

작사가

처음 울음소리를 작곡한 사람, 형편없는 실력의 그에게

우리는 우리가 아는 가장 아름다운 가사를 적어 보낸다

하루하루의 청춘을 보낸다
오후와 저녁
사이에서 비틀대며 *아아, 아아아아* 하지 못한 말이 있어서, 휴대폰을 붙들고
끝나지 않는 하루를 보낸다

끝나지 않는 카페에 앉아서, 설탕이 물에 녹듯 천천히 허공으로 스미는 목소리를
적는다, 솜사탕 기계처럼 음악이 돌아가고 하얀 머리 음표를 닮은 눈이 날린다

아무 말도 아니라는 듯이
웃음과 울음
사이에서 입을 벌리고 *아아, 아아아아* 받아먹으면, 달짝지근한 맛이 날 것 같은 눈

빈 손바닥에 끈적하게

남아 있는 목소리처럼

요즘 노래는 알아들을 수가 없다 녹은 말 같다
유리에 대고 입술을 찍으면 유리가 흐린 입술을 열고
흘리는 말,

꿈의 말 같다 *사랑해*
라고
　말했는데, *아아아아* 세상의 바람개비를 다 돌려놓고 유
리 너머로 사라지는 뒷모습을
　조금씩 녹여 먹는
　붉은

　해 같다

　적는다, 누구도 나를 미워하지 않고서는 나를 지나갈 수
없다 아무도 나를 사랑하지 않고서는 나를 버릴 수 없다

난데없이 바닥을 핥고 있는 개가 있다 솜사탕이 떨어졌
던 자리, 솜사탕은 치워졌는데

반짝이는 그림자가 물빛으로 남은 자리

연애

비 오는 풀숲에 들면 알게 되는 것이 있다 비 갠 풀숲에
서는 다시 모르게 되는 것들
이를테면
뱀, 비를 잠시 눕혀놓았을 뿐 이를테면
물속으로 사라지는 것
태양이 먼 능선에 허물로 벗어놓은 구름, 그러나 공원
에 함께 온 너는 모른 척한다 아는 것을
다시 모르는 것을

그치다,
라는 말을 쓸 수 있는 시간은 오래 가지 않는다 잠에서 깨
어난 사람의 눈에 잠시 남아 있는 꿈에서 본 슬픔

다시 오월이다 작년 오월도 다시 오월이었지만
작년이 되었고, 지금 구도청 분수대는 공사 중이다
분수가 씻어주던 허공을 망치로 고치는 중이다, 오래전
오월
보름 동안 나는 전자 공장에 다녔다
초록색 트랜지스터 단자 하나를 기판에 제때 꽂지 못해

컨베이어를 따라 빙빙 돌다가 넘어졌고
　모두가 웃었다
　소형 텔레비전을 만드는 곳이었는데
　얼굴이 지직거렸다 안테나 좀 돌려봐, 비 오는 날 지붕
에 나를 올려 보내놓고는
　왼쪽으로 아니 오른쪽으로 소리치던 형들처럼

　지직거리던 브라운관처럼

　여전히 돌아가는 컨베이어 앞에 앉아 내 몫의 단자까지
네댓 개를 끼워 넣던 누나가
　미안하다며, 발가락 끝에 끼고 슬쩍 들어 보이던 분홍
색 슬리퍼 한 짝

　신발은 흠씬 젖어 있었다 마른 풀 몇 가닥 바지에 붙어
와 산책로를 함께 걸었다
　편의점 문을 열고 나온 점원이 차양을 들어 고인 물을
흘려보냈다, 사람은 비를
　잠시 세워놓은 것 같다 가끔씩 흘러내린다

화전

불을 켜는 일과 불을 지르는 일

스위치와 라이터,

아니

성냥 머리에 묻은 붉은 인은 나무의 생각이라서, 나무
는 자신의 역사를 불꽃으로 쓴다 창 너머엔 바람에 흔들
리는 시간들

가로수들,

언젠가 걸었던 기억처럼 불꽃 속에 흔들리는 뒷모습을
새겨놓는다 어느 날

스위치를 올리면

방 안에 있던 모든 책이 타오르고 방 안에 있던 모든 가
구가

타오르고, 언젠가 나는 죽었던 것 같다 불을 켤 때마다
하얗게 타버리는 일들 속에서

밤마다 꿈으로 휘어지던 불길 속에서

아침이라는 잿더미 속에서

언젠가 나는 살았던 것 같다, 나는 배고픔을 모르지만

배고픔이 사람을 죽이는 시대에 산으로 달아난 무리가
되어 숲에 불을 지르고

젯더미를 파고 수수씨를 뿌렸던 것 같다 나는 외로움을
모르지만

수수꽃이 피기를 기다린다 나는 수수꽃을 모르지만, 산
으로 달아난 무리가 되어

연기를 바라보고 앉았을 것이다

수수꽃처럼

피어나는 어둠 속에서 아이가 자라고 아이는 다시 불을
지르고 젯더미 흰 기슭에 수수꽃

어느 날 그는 집으로 돌아온다 불도 켜지 않고

침대에 눕는다

그의 눈이 어둠의 눈이 되어 검게 반짝일 때, 어둠 속에
사는 검은 새가 자신의 깃털을 다 벗어놓고 사람의 몸속
으로 뛰어들어 외로움이 되고 마는 이야기,

외로움이 사람을 죽이는 시대에

그는 알고 있다 그림자마다 자신을 빠져나온 검은 새의
깃털이 창가에 흩날릴 때

다시 부지깽이 같은 아침이 이리저리 헤집어 남은 삶을
수수처럼 주워 간다는 것

귀갓길이었고, 나는 빈방에 갇힌 사람들의 창문으로 연
기처럼 새어 나오는 불빛을 보고 있었다 타다 만 듯
서 있는데
누가 툭 치고 지나가며 말했다, 미안합니다
부딪침은
모두 미안한 일이다 사람이 사람에게 보낸 마지막 문자
는 모두 그렇게 타올랐을 것이다
풀숲에서 놀란 새들이 연기 속을 날아오르는 저녁처럼

토키 영화

너는 말한다, 알 수 없는 말
한순간 들판 같아서 내달리다 쓰러진 돌들이 군데군데
풀냄새를 맡는다

그것이 긴 여행 같다는 생각을 했다

한순간 절벽 같아서 발끝에서 떨어지는 돌멩이 아찔한
깊이에서 어둠이 입을 벌리고
너는 말한다, 한순간

모든 말을 다 알고 있다는 생각을 했다 말하지 않은 말
까지 다 알고 있어서
사실이 필요하고 그보다 더 많은 거짓이 필요하고, 마
지막에 올라가는 자막처럼
긴 고백의 목록이 필요한 것

새들이 말한다, 아침의 말

비가 말한다, 젖은 말

유리가 말한다, 깨지면서 단 한 번
그러면 생각한다
새들의 말 속에는 새들의 순간이 매번 깨지고 비의 말
속에는 비의 순간이 매번 깨지고
너의 말 속에서 너는 매번 깨진다

그것이 짧은 인생 같다는 생각을 했다
영화가 끝나고

극장을 나오다
구멍이 많은 돌을 보았다 어둠을 뭉쳐놓은 것처럼 검은
돌이었다, 극장의 어둠이
사람들을 데리고 영화 밖으로 달려가다 쓰러져 돌이 된
것 같다는 생각을 했다
눈알을 담아주고 싶은 구멍이었다, 돌아보면 안 되는데

그것이 고백인 것 같아서 돌아보다 그만, 돌이 된 어둠
립밤을 발라주고 싶은 구멍이었다

천천히 입술이 열리고, 말하면 안 되는데

쿵, 어둠 속으로 떨어진 돌이 오직 깨지면서 자신의 바
닥을 고백하는 것처럼
너는 말한다, 알고 있는 말
그것이 긴 여행을 하는 짧은 인생 같다는 생각을 했다

너는 말한다, 사실은
죽은 주인공들이 모두 살아 있어서 스크린 뒤에서 여전
히 우리를 보고 있다고
극장을 나와도 끝나지 않는 영화가 있어서
밤마다 어둠 속으로 떨어진 사람들을 꿈의 뒷골목 이리
저리 끌고 다니며 알 수 없는 말을 가르친다고,
사실은
모든 돌이 죽은 고백이라고

너의 말 속에서 나는 깨져서, 입을 맞추면
피가 묻어난다

여성안심귀갓길

새벽 창으로부터
불빛은
어둠의 난간으로 뛰어내린다, 폭포처럼
머리에서 시작해
세면대에 차갑게 떠오르는

머리카락처럼,
투신의 시작과 끝을 동시에 보여주는
'누가 저 자살을 좀 잠가줄 수 없나요?' 그러나 화단에
는 빛의 사체처럼
그림자처럼

작고 거친 돌 하나가 있어

나는 훔친다
그 순간, 나를 가져버린 것을 내가 가져가는 전능을 보
여준다

나는

창을 닦는다 부싯돌을 부시듯 행성의 모서리가 반짝인다
불을 켠다 부싯돌을 던지듯
어둠이 쓰러진 바닥에서 연신 매운 눈을 비비며, 불을
부는 사람의 빨간 눈을
보고 싶어서

주워 온 돌을 창가에 놓는다

빛이
유리를 깨지 않고도 떨어질 수 있다는 건, 사실은 빛의
영혼이거나 빛이었던 귀신
신이 잘못 계산한 물체 방정식이거나
빛으로 표현된 슬픔

그날 밤 아무도 그가 사라졌다는 것을 몰랐다, 아무도
그가 심야 버스 창에 머리를 기대고 있거나 깜빡 졸다
내린 종점에서 택시를 잡으려고
도로로 내려서는 것을 목격하지
못했고, 빵빵거리는 경적 속에서

다만
귀가의 가로등에 젖으며 흘러내린 머리카락과
어깨와 번갈아 앞서던 발등이
공중의 청소기 속으로 빨려 들듯이, 작은 돌 하나를 남기는
뒷모습이

다였다

아름답기 위하여, 어두운 마을을 하늘로 당겨 가듯 백린탄이 포물선을 그리고
거기
잔해 같은 돌멩이가

후라시를 비추면, 구석으로 숨어드는 패전국 반려견의
눈곱 낀 눈망울 같은
돌멩이가

다라서

비상계단 라이터가 잠시, 사라진 얼굴 절반을 속보처럼
비춘다 찰나를 멈춰 세운 폭발처럼

그날 밤 아무도 내가 사라졌다는 것을 몰랐다, 아무도
내가 마침내 인간의 운명 속에서 지워졌다는 것을
　새벽을 걷다
　불 켜진 창을 보다

사라진 사람을 만났다는 것을, 말하면

사라지지 않은 사람들이 못 믿겠다
　못 믿겠어 말하다가
　믿지도 않을 거면서, 불 하나를 천장에 달아놓고 둘러
앉아
　불빛 속으로 사라질 사람을 결정한다

돌이 될 사람을

빨간 눈을 하고 말을 타는 사람과 빨간 눈을 하고 씨 뿌리는 사람과 빨간 눈을 하고
  방직공장 철문을 여는 사람 다음에
  총을 든 사람이 나타나

  돌이 될 사람, 너는 모든 창이 닫혀버린 식민지라고
  와장창 유리를 깨뜨리며
  먼 곳으로 사라지는 목소리로 말한다
  '사랑해'

  나는 던져질 것이다

  사실 빛은 돌이었고
  사실 빛이 통과할 때마다 매번 유리는 깨진다, 강에서
  물을 푸는 난민들처럼
  유리로부터 한 장씩 시간을 길어 가는
  빛의 행렬이

  새벽의 유성처럼

새벽의 자살처럼

가로등이

행인의 머리 위에서 끝없이

깨지며 "여보세요. 응, 이제 거의 다 왔어" 세면대에 뜬

머리카락처럼

목소리를 길게 이어

여기와 저기를 동시에 보여주려고

빨간 눈으로 불을 분다

러시아워

네가 외쳤다,
너

파란불이 깜빡이는 횡단보도, 획 몸을 돌리며
나를 향해

너
그것은 충분한 물음, 목소리를 따라 돌아설 때 내 등 뒤
에 켜졌을 빨간불 속으로
세계가 사라지는 경험

그리고
네가 뒷걸음질 쳐 건너편 보도 위로 올라섰을 때, 나는
갇히고 말았다
앞뒤로 차들이 지나갔다

좁은 골목을 따라 낡은 철창을 단 작은 창문들, 고요를
견디다 무너진 담 위로
떨어지는 오후의 볕,

다만 하나의 풍경을 하나의 사건으로 만들며 서 있는
사람, *이제 그만하자*
말 속에
자신의 모든 유산을 물려준 사람이 있고

더 전엔

바다에 있었네, *여기야*
소리치면
소금물에 씻기는 모래알처럼 부서지는 웃음소리, 그러나
물속을 들여다보면

검은 등을 가진 물고기들이 헤엄쳐 와 하얀 배를 뒤집
고 해변이 되는 꿈
하얗게 뒤집힌 물속의
꿈

너
라는 말 속에서

나는

골목을 옮겨 가는 것 같은 긴 버스들 사이에서
검은 물처럼 흐르는 아스팔트 위에서, 여기야
부르는 소리 속에서

막 건져진 듯, 빨갛게 충혈된 눈을 뜬다 오래전
내가 죽인 사람

더 전엔

사랑했지, 줄이 맞지도 않는 기타를 치며 키가 맞지도
않는 목소리로
　노래를 부르는 자였고 노래를
　부수는 자였고, 몰래 새장을 열어 새를 풀어준 자였고
다음날 숲에 들어 죽은 물고기를 주웠지
　사랑했네
　자유를 주는 방법으로 죽음을 갖는
　사람을, 자신에게 쓴 편지로 가득 찬 일기장을 태우며

서

서

히

연기 속으로 사라지는 고백들을

죽이고

나는 도마를 샀다, 칼 하나를 사고 잘게 썬 말들을 끓일
냄비와 가스 불 앞에서 *아름답다*

타오르는 것들이 가진 세계

나는 식탁을 샀다, 식탁보를 사고 가지런히 숟가락을
놓고

죽음이 아직 싱싱할 때

다 뽑지 못한 가시를 당기면 지느러미가 날갯죽지로 벌
어지다

툭 끊어지는 저녁,

물을 끓여 날려 보내는

저녁

그만 *자야지*, 이 세계의 밤은 엄마의 품을 흉내 낸 것 아
무리 깊이 안겨도 끝내 다 안길 수 없는 것
아무리 떨어져도 다 떨어질 수 없는 것
다 젖을 수 없는

물속으로

이제 가야지, 나는 밥을 먹고 옷을 입고 길을 나선다 하
루가 가고 열흘이 가는 동안
한 해가 가고 스무 해가 가는
동안, 물 자국을 대신해 찍히는 발자국을 아스팔트는
발소리로 지운다, 발소리를 대신해 켜지는 신호등을
도시는 바퀴 소리로 지운다, 바퀴 소리를 뚫고

네가 외쳤다, 너

그것으로 충분한 감옥, 내가 지나온 모든 길이 그 말 속
에 갇히자

한 사람이 도로 한복판에 나타났다

차들의 경적 속에서

언제였더라, 하얀 천을 뒤집어쓰고 나서야 비로소 우리
앞에 모습을 드러내는

해변처럼

건너편에서 너는 손을 흔든다

공평한 사랑

소읍에는 세 개의 다리가 있다.

오늘 나는 두 개의 다리를 건넜다. 다시 돌아온 제자리
에서

건너지 않은 하나의 다리를 생각한다.

어떤 마음은 물을 건너면 끝난다. 다리를 건너는 사람
들은 자신도 모르는 사이에
　무언가를 끝내고

　돌아와
　자신이 끝낸 것을 찾아 잠에 든다.

꿈속에서 나는 세 사람을 만난다. 중앙로터리에서 나를
붙든 귀촌인은 시장통 농약상을 물었다. 달마다 사과에
포도에 딸기에 뿌려야 할 약제가 적힌 달력을 일만 가호
에 돌린다는 큰 농약상이었는데, 우연히 들른 선술집 바
랜 벽지를 메운 큰 활자 달력만 보았을 뿐 정작 나는 그게

어디에 있는지 몰랐다.

도리어 그는 첫번째 다리 건너 오른쪽 시장 입구쯤에 있을 거라며 턱짓까지 섞어가며 내게 길을 알려주는데, 고개를 주억거릴 때마다 아직 그을지 않은 흰 목덜미 깊이 팬 주름이 칼자국처럼 드러났다. 알아두면 좋을 거라는 그에게

나는 어디서 왔는지 물었고

그는 귀촌인은 돌아온 사람이지 어디서 온 사람이 아니라며 검은 승용차를 몰고 첫번째 다리를 건넜다.

두번째 사람은 자신이 환경운동가라고 했다. 리어카 가득 박스를 싣고 가던 그는 자정마다 쇠톱을 들고 가슴께 높이 물속에 들어 교각을 자른다고 했다. 교각에 물살이 찢기고 바람이 찢기고 어느 밤에는 별들이 다리 난간에 목을 매단다고, 아침마다 치렁한 밧줄을 걷어 가느라 소읍에 안개가 낀다고, 그래서 매일 두 시간씩 톱질을 한다고, 무엇보다 규칙이 중요하다고, 다 닳은 바퀴에 간신히 낀 모래를 빼내려고 용을 쓰는 입안에 검은 충치가 보였다.

얼마나 오래 그 일을 했느냐고 묻자 둥둥 떠내려간 다리

만 열두 개라며 모래알을 하류를 향해 튕기며 답했다. 나는 먼바다 어딘가 가라앉은 다리도 기어이 다리라서 거기 도착한 물들이 또 목을 매면 어쩌냐고 물으려는 참이었는데, 무심하게 그는 태풍이 온다고 했다. 죽은 물들을 매단 밧줄을 감고 바람이 온다고. 그는 리어카를 배에 걸치고 두번째 다리를 향해 바퀴를 당겼다. 멀리서, 바람이 다 빠져 납작해진 바퀴를 달고 구름이 아름답게 흘러가고 있었다.

마지막 사람은 나를 흔든다. 잔뜩 찌푸린 얼굴을 하고는 아이들도 보는데 이런 데서 이렇게 잠들면 안 된다고. 정말 그의 손은 팔과 어깨로 이어지며 이제 막 걸음마를 뗀 듯한 아이를 잡고 있었다. 알몸의 내가 어디를 가려야 할지 몰라 두 손을 휘젓는 사이 그는 벌써 뒷모습으로 다리 끝을 향해 걷고 있었다. 내 입술에서 나도 모르게 엄마라는 말이 물기처럼 묻어 나왔는데,

저녁 해의 붉은 역광 속으로 들어가자 그의 팔은 산악용 로프처럼 가늘어졌고 그 끝에 묶인 아이는 조금씩 희미해져 그라목손 빈 통처럼 달랑거렸다.

그조차 꿈인 줄 안 나는 헐떡이며 깨어난다. 물 밖으로 천천히 걸어 나온 다리 하나가 우두커니 방 안에 서서 어둠을 뚝뚝 떨어뜨리고 있었다.

소읍에는 세 번의 아침이 왔지만
어떤 저녁은 오지 못한다.

공평하게 남은 다리를 건넜다가 다시 다리를 건너 집으로 돌아오면, 결국 두 번 건넌 다리가 생기고

끝내 공평할 수 없는 이야기 앞에서

이렇게 끝나는 거야? 끝나지 않는 마음이 물으면, 나는 다시 집을 나서야 한다.
돌아오지 않아야 한다.

나를 끝내야 한다.

건너지 않은 하나의 다리 때문에 무언가가 영원히 나의 소읍을 떠나지 않는다

분실물 보관소

이곳은 텅 비었어, 아무것도 없는 방이라면
이게 적당해.
주무관이 건넨 명패에는 '진담의 방'이라고 적혀 있었다.
농담이죠? 나는 물었고
진담이야!
나는 주무관이 건넨 명패를 달지 않았다. 진담 속에는
아무것도 없으니까⋯⋯
덕분에 나는 승진했다.

농담의 방에서 근무한다. 새로 온 인턴이 더워요, 그래서
에어컨을 켜지 않았다. 하루가
물속이었다.
가자 지구가 독점하는 실적을 어떻게 가져오지? 믿어봅
시다.
여의도를 용산을, 아니
믿지 맙시다.

웃으며, 오늘은 슬프군요! 업무상
그런 대화가⋯⋯

상사는 설거짓거리를 생산한다. 회의가 끝나면
  내 손은 수세미가 된다. 타이핑을 하면 자음을 닮은 비
눗방울과 모음을 닮은 비눗방울이
  아니 세제 방울이
  머리 위에서 서로를 찾아다닌다. 마침
  한 아이가 살해당했다는 농담이 '동반 자살' 제목의 배
너 창에서 깜빡인다.
  찬물로 헹궈 엎어놓은 컵에서
  똑똑 떨어지는 물방울처럼

  똑, 똑…… 똑, 떨어지기 직전에 간신히 맺혀 있는
  마지막 한 방울처럼

  나는 모든 것이 두려워진다. 나의 하루가
  달마다 바뀌는 대출금 상환 내역이
  가족에게 걸려 오는 전화가
  승진 축하해, 물을 줄 때마다 푸르게 반짝이는 금전수가
  진담인 것 같아서, 우리 회사 책상에는 수도꼭지가 달

려 있어요. 틀면 졸음이 쏟아지는 수도꼭지가

　두려워진다, 진담이 될까 봐.
　잠이 들까 봐.

　이 방을 비우기 위해
　아무것도 없는 곳으로 만들기 위해 나는 적당한 명패를
찾아 문 앞에 달아놓고
　우크라이나에 쏟아지는 농담과 징용에 관한 농담과 시
리아에도 농담이 있었는데…… 생각나지 않는 농담까지
　차곡차곡 프랑스산 가방에 담아
　휴가를 냈는데,
　바다에 갔는데

　물속에 있었는데 오래
　물을 느꼈는데
　내 몸은 온통 화상이었다. 중세 광장에서 돌에 맞아 쓰
러진 자의 맨살처럼
　벌게지는 줄도 모르고

짓무르는 줄도 모르고
물속에서도

타고 있는 태양을 보고 있었다. 그때, 비명 소리가 들리고
첨벙이는 소리가 들리고
누군가 내 이름을 부르며 군중 속에서 먼바다를 향해
필사적으로 몸을 내밀고
그 몸을 붙드는 손들이

아무것도 없는 허공에서 손만 뻗어 나온 것만 같은 손
들이

나를 흔들어 깨운다.

이건 잠이 아니고 꿈이 아니고, 문득
농담을 건네고 싶었는데……
나는 한 번도 농담을 해본 적 없다는 사실이 진담처럼
떠오르는 것이다. 이럴 수는 없지.
이럴 수는 없어. 상심한 자에게도 농담이

있겠지. 상실된 자에게도 농담이

농담으로 된 고백이…… 먼바다는 잠으로 가득 찬 누군
가의 아침을 다 펼쳐놓은 것처럼

무심하게 반짝이고

나는 아이가 되어 나를 부르는 사람의 목소리가

먼바다로 떠내려가는 것을 보다가

안 되겠어서, 정말 안 되겠어서, 어차피 이건 다 농담일
뿐이잖아요! 외치려고 일어섰는데

아이가 물안경을 쓰고 물 밖의 나를 물끄러미 보고 있
었다.

집으로 돌아와서는

빨래를 한다, 미사일이 동해에 떨어졌다는 농담을 들으
며 탈수된 바지를 꺼내

탈탈 턴다. 바지를 해안으로 걸어놓고

출근을 한다.

바지가 썰물을 겪는 동안

나는 기안을 짜고 야근을 하고 늦도록 동료들과 술을
마시고

　다음날,

　다시 '분실물 보관소' 명패가 달린 방으로 들어간다.

외시경

낮에는 눈동자 속에 갇힌 것 같고
밤엔 귓속에 갇힌 것 같습니다 어둠 속에서 누군가 제
뺨을 때리는 것은, 무언가 윙윙거렸기 때문
누군가
눈을 뜨고 있습니다 캄캄한 어둠 속에서 느리게 깜빡이
며, 보이지 않는 것들을 보고 있는 것은

무섭습니다, 어둠 속에 어둠 아닌 게 있다는 사실이
거짓이기를

낮에 보았던 것들―공원의 초록 나무와 아이를 싣고
가는 작은 바퀴들 웃음들
모두 눈동자 밖에 있는 것들,
눈동자 안에서

둥근 창문에 손을 대고 내다보듯
나는 보고

돌아섭니다, 나는

한 사람의 몸속에 갇혀 있습니다──디딜 때마다 물컹하
게 짓이겨지는 심장이 있고
　아직 살아 있는 것들을 맴돌며 윙윙거리는 소리가 있고
　잘못 짚은 곳으로 팔이 쑥 몸 밖으로 빠져나가면

　눈과 코와 귀 어디쯤에서
　훌쩍입니다

　한 덩어리 던져진 살점처럼 앉아 맑은술로 떨어지는 비
를 맞다가
　기침을 합니다 쿨럭이다
　잠이 듭니다, 가끔 악몽 속으로 들어온 한 사람이 내 얼
굴을 빤히 쳐다보다 땀을 흘리며
　깨어납니다

　여보세요, 여보세요

　어느 날, 일기장을 태우다가 들었습니다 타오르는 불꽃
사이로 팔을 휘저으며 꺼내달라고

고함치는 한 사람의 목소리를

　붉은 심장을 찾아 여름을 윙윙거리며 제 뺨을 후려치게
만드는,

　밤을

　내 눈동자를 두드려 눈물을 만드는 붉은 손자국을──그
러니

　부디 죄를 지어주세요,

　어느 날 부검의는 보게 될 것입니다 내 배 속에 빨갛게
찍혀 있을 그의 손자국을

3부

할인 마트 간판에 불이 켜지는 시간이면
나는 냉동육과 가족을 구분할 수 없습니다

미래 중독

1

호수에 와서
서서히 걷히는 어둠을 보면

알게 돼, 죽은 물고기를 깨워 물 밖으로 날려 보내며 아침이 온다.

산 새들을 키우기 위해서 죽은 물고기를 완성한다.

언제나
이야기는 이렇게 시작되지. 지도에 밤을 그려 넣기 위해 까만 연필만 사 모으는 사람이 있고
밤마다 말갛게 차오르는 슬픔을 보여주기 위해 지우개만 사 모으는 사람이 있다.
지도는 찢어지고

어느 날 서로를 쳐다보며 묻는다,
누구세요?

언제나 이야기는 그렇게 시작된다. 눈앞에 있는 길을
믿을 수 없어 지도를 펼치고는
  지도에 없는 것들만 찾는,
  사람들로부터.

  2

  서 있는 사람에게 창은 내다보는 문이지만, 누워 있는
사람에게는 발 아래 호수처럼 펼쳐진다
  누워 있는 사람으로서 창문을 내다보면 환한 지느러미
를 달고 헤엄치는 불빛들, 물고기들도

  뛰어내렸을까 누워서 살고 싶어서…… 혼잣말을 하다 보
면 정말 말을 한 것인지 그저 생각만 한 것인지 헷갈리고
  누워 있는 사람으로서
  몸을 일으키는 일은 호수를 향해 몸을 숙이는 일이지,
그조차 생각만 한 것인지

정말 움직인 것인지 헷갈려서

　호수를 열고 밤을 만진다 남들이 보면, 내가 창밖으로
손을 흔들고 있는 줄 알겠지
　생각한 것을 중얼거리다 보면, 생각은 입술에서 시작되
고 입술에서 끝나는 그 무엇

　노을이 질 때, 호수는 비로소 제가 입술이었다는 것을
알려준다 어둠이 질 때
　창문은 비로소 제가 목구멍이었다는 사실을 알려준다,
생각하는 사람으로서

　아침에 물 한잔은 몸에 좋다는 기사를 떠올리며
　물을 마신다
　얼마나 많은 물을 마셔야 물 밖에서 익사할 수 있을까,
고백하는 사람으로서

3

하루하루 살아가는 일에 중독된 사람들, 나의 사람들
재활되지 않는다

내가 사랑한 문명은 내 마음속에서 멸망한 지 오래

나의 사람들은 아직 그곳에 있다

일과를 마치고, 긴 그림자를 끌고 집으로 돌아오는 사
람들, 멸망에 중독된 사람들
아니
날마다 안도가 아니면 안 되는 저녁, 날마다 위로가 아
니면 안 되는 밤, 아니
날마다 화요일이 아니라서 슬픈 수요일이 있고, 날마다
모자가 아니라서 슬픈 신발이 있고, 날마다 퇴근이 아니
라서 슬픈 출근과 아니
하루는, 출근이 아니라서 슬픈 퇴근이

있어서, 망원동 시장 입구에서 함께 도넛을 사서는 설
탕 가루가 다 떨어지도록 온몸을 들썩이며 웃다가
　서늘한 밤공기 속에서

　텅 빈 구멍만 다 먹어치우듯

　걸어가, 설탕 가루처럼 반짝이는 한강을 조금씩 비어가
는 구멍으로 바라보듯
　무릎 담요를 깔고 눕는다

　우주는 춥고 어둡겠지 아무것도 안을 수 없는 그곳이
너무 차갑고 캄캄해서
　거기서 바라보면, 인간은 불덩이일지도 몰라
　아직 꺼지지 않은 마음을 생활이라는 아궁이에 담고서
벌겋게 식어가는 것
　거기 물 한 바가지를 퍼부은 것이 슬픔일 것이다 흰 연
기를 뿜으며
　일순간 모든 뼈가 바스러지는 소리와 함께 격렬하게 어
두워지는 것, 어느 날 샛문이 열리고

지친 얼굴의 누군가가

먼지 골목에 뿌린 물에 젖어서, 무심코 지나가던 자가

그 슬픔의 주인이 되는 것

무심코 흘러가던 별이 우리의 것이 되는 것

내가 사랑하는 사람들은 내 마음속에서

아픈 지 오래

아픔이

그랬네; 이 세상 정처 없는 절망에게도 가끔 묵어야 할

집이 필요해서 우리에게 가족이 있다고

슬픔에게도

가끔은 죽이고 싶은 마음이 되어서는 주먹을 내리칠 거

울이 필요해서

사랑을

한다고; 그때

옆자리 가족은 자리를 걷고 있었다 돌아갈 곳을 안다는

듯 아이를 깨우자,

  아이는 울었다 마치 모든 것을 잃은 것처럼

  4

  할인 마트 간판에 불이 켜지는 시간, 종말 후에도 남아
있을 진열장 꽁치 캔을 쓸어 담는 생존자의 위태로운 눈
빛처럼

  누군가 인간을 촛불처럼 켜놓고 둘러앉아 있는지도 모
릅니다, 이제 곧 인간을 끄고
  박수를 칠 차례인지도 모릅니다

  한 조각씩 잘라낸 인생을 빵칼로 덜어낼 때, 접시처럼
집으로 돌아가는 사람들
  발밑에서
  그림자는 개 같습니다 할인 마트 간판에 불이 켜지는
순간을 기다려 달려오는 개, 식탁 아래에서 제 몫의 접시

를 핥기 위해 붉은 혀를 늘어뜨린 개

　인간이 닳아가는 시간을 보여주기 위해 세계를 물고 놓
지 않는 개

　불러봅니다, 두 손을 앞으로 내밀고 등을 쓰다듬으며
이름이 뭐야? 물으려던 것뿐인데

　어둠이 붉은 잇몸을 당겨 올린 것처럼

　흰 송곳니, 붉은 침을 뚝뚝 흘리며

　어김없이

　할인 마트 간판에 불이 켜지는 시간이면 나는 냉동육과
가족을 구분할 수 없습니다 빵 봉지와 몽유병을, 차곡차
곡 엎어놓은 양은 냄비와

　클랙슨 소리를 구분할 수 없습니다

　불빛에 흔들리는 인간이 한 블록 지나 꺼지고

　흰 연기가

아무렇게나 붙여놓은 바코드처럼 어둠 속에 잠시 제 영
혼을 찍어놓고 사라질 때
종말 이후의 생존자가 꽁치 캔을 따는 순간처럼, 와르
르르 무너지는 진열장처럼

할인 마트 수북한 선물 상자 속에 봉합된 개 짖는 소리
를 컹컹, 마음의 둥근 접시에 옮겨 담으며
나는 입속의 흰 송곳니를 뾰족한 그리움으로 감추며 으
르렁거리듯 당신의 이름을 중얼거립니다

5

오래전 나는 폭탄을 심었다. 물컹하고 서러운 그것을
나무 상자에 담아 깊이 묻었다.

태양의 긴 인계철선을 달아 부비트랩을 만들었다. 물컹
하고 서러운 그것을

쑥부쟁이 개망초 치듯
바람이 건드리고

아주 느리게 그러나 분명히 터져 나가는 푸른 파편들,
공중에 박히는 검은 가지들
　상처들, 연기로 찢기는 새벽과 한 발씩 꺾이는 물의 무
릎과 사방으로 흩어진
　저

　부재를, 상한 상춧잎에 매달린 달팽이와 고슴도치의 슬
픔으로 뿌리며
　여전히 쓰러지고 있어서 보이지 않는 목숨을,
　보여주려고

　내가 죽인 가을이 하얀 겨울에 덮여 있다.

　들추지 마, 염도 안 한 고인을 보면 영원히 꿈속을 걷게
된다. 고인과 얼굴이 뒤바뀐 채 꿈 밖에 도착한다.
　그러면 알게 되지, 꿈속의 얼굴이 거울 속에 있어, 매일

자신의 죽은 얼굴을 달고 아침이 시작된다는 것.

　오래전 나는 폭탄을 품었다. 물컹하고 서러운 이것을
　어디에 터뜨려야 할지 몰라

　걸었는데, 누구도 나를 피하지 않았다. 눈 속에 타는 심지
를, 화약으로 꽉 찬 머리를, 순식간 사방으로 뿜어질 피가
　사지를 다 돌고 마침내 맺혀 있는 내 뺨을
　아무도 무서워하지
　않았는데, 텔레비전은 전쟁의 뉴스 다음에
　사랑의 드라마를 보여주고, 사이에 화장품 광고를.
　가가호호
　한꺼번에 등장하는 얼굴과 한꺼번에 시작하는 사랑이
　한꺼번에 죽어가는 사람들 다음에
　가가호호

　살았는데, 공기처럼 허공처럼 투명한 이 유리창은 뭘까,
나를 가둔 딱딱한 공기 속에서
　나를 잠근 매끈한 허공 속에서

생각한다, 어쩌면 내 인생은 오래전 폭발하여 수만 년 먹구름 아래 곤죽의 눈이 쌓이고, 어느 날 도마뱀 맑은 알로 가신 화석의 잠 속에서 잠시 꿈으로만 살아가는 건 아닐까.

사방으로 터져 나간 생각의 조각들

거기 찔린 물컹하고 서러운 이야기가 끝없이 폭발하는 아침과 저녁을 마음으로 심어놓아서

그마저

터지며, 사방으로 흩어진 내 생각이 꼭 한 사람씩 시체가 되어 내 얼굴로 깨어난다.

6

보았어요, 아무것도 보이지 않는
밤에
어제 거울 속으로 들어갔던 내 웃음이 끓는 죽처럼 조

금씩 흘러내리는 것을

거울에 찍힌 내 손자국이 어둠에 다시 찍히는 것을

보았는데, 아무도 믿지 않는다
또 *저런다*
모두의 걱정이 나를 끌고 다닌다
어둠이 내 몸에 부엌을 들이고 밥을 끓이고 어제의 나
를 불러 끼니를 건네는데

좀 그만해 모두의 역정이 어제의 나를
자꾸 굶겨서
말라비틀어진 잠과 말라비틀어진 꿈, 오늘 밤 내 후회
는 빈손으로 돌아간다 아무것도 먹지 못한다
말라비틀어진 채

보았어요, 밤새 거울을 닦는 어둠의 손
아무도 믿지 않지만

꿈을 세제로 풀어 내 몸을 돌려 닦다가 문득 내 머리를 헹궈

물을 받아서는

벌컥벌컥 마시고, 남은 물을 개수대에 아무렇게나

버리고 다시 내 머리를 몸 위에 가지런히 엎어두고 가는 어둠을

가난한 밤의 뒤편으로 슬픈 눈을 숨기는 어둠을

보며, 나는 분홍색 고무장갑 끝에 조금씩 고이다가 한참 만에 한 방울씩 떨어진다

7

꿈에서 깨려면 잠에서 깨야겠지요. 그러나 꿈에서 깨고도 계속 잠을 자는 사람이 있고, 잠에서 깨고도 계속 꿈을 꾸는 사람이 있습니다. *이봐, 일어나봐! 얼마나 사나운 꿈*

을 꾸길래 팔까지 휘저으며…… 그러나

생활의 어디에도 내가 없어서
나를 찾아

물속 같은 창 너머

지도를 펼치듯 내 몸을 반으로 가르고선 가만히 들여다
보는
달.
꿈속의 내가 꿈 밖의 나에게 건넬 수 있는 유일한 것이
몸이라서, 거기 매달린 하루를 꽃잎처럼 한 장씩 떼내며
내 인생을 점치고 있는 것은 아닐까
달이 제 손을 짚은 자리마다 피 묻은 잎들을 가득 달고
가을이 멀리 도망가고 있는 것은 아닐까

아닙니다. 나의 조상은 몽상가가 아니라
노동자였습니다.

노란 등불 아래 달그락거리는 수저 소리가 김 오르는
밥과 삭은 김치를 몸의 동굴 속으로 나르는 그러나
꿈속의 생활이 아침과 함께
깨지고,
파업의 계절이 와 무성한 잎을 떨군 계곡 사이 제설차
가 빨간 등을 깜빡이며

이쪽 뺨을 밝혀서 저쪽 뺨을 지우는
것처럼

세상의 모든 몸들 다시 휴경지로 돌아가, 세수를 하고
밥을 먹고 출근을 하고
긴 그림자를 이끌고 집으로 돌아오면
죽음은 사람들의 발목에서 그림자를 잘라내 문밖에 던
지고는 감자를 잘라 묻듯 그 몸을 다시 어둠 속으로 던지
는 것이다.

죽음을 덮어놓은 얇고 흰 천이 죽은 자의 코에서 희미
하게 새는 마지막 숨으로 슬며시 들리듯이,

이제 고백하자. 나는 죽은 사람이 살던 집에서 죽은 사람이 쓰던 물건을 쓰는 사람.

내가 잠들었을 때, 내가 사는 집에서 내가 쓰던 물건을 쓰는 사람이 있는 것처럼. 나는 죽은 사람의 인생 속에서 죽은 사람의 몸을 쓰며 사는 사람.

하지만

이건 악몽이고, 악몽은 잠 속에 있어야 하는데

나는 한 번도 잠들지 않았습니다.

8

생각의 내용물, 어젯밤 내가 집어삼킨 것

책상 위에 가방을 쏟아 보이던 때처럼 아침 침대맡에서 물구나무를 서면

이건 칼이잖아, 왜 칼을 가지고 다녀?

생각 속에
왜 그랬어? 왜 그랬어? 찌를 때마다 같은 비명을 지르
는 사람을, 물을 때마다 다른 대답을 하는 사람을
생각 속에

나는 언제 다 들인 것일까? 하나씩 떼어 가게 전봇대에
붙여놓은 전화번호처럼
나는 내 생각을 언제 세놓았던 것일까?
전화가 오고

묻는다, *귀하는 어떻게 생각하십니까?* 묻는다, *귀하는
몇 번이라고 생각하십니까?*
내 생각을 가져가기 위해
물으면, 내 생각 속에 살던 사람이 깨어나고
내 사람 속에 살던
생각이

말한다,

아침이면 슬픔이 빈 우체통처럼 서 있고 저녁이면 절망
이 환풍기 소리로 울고

밤이면, 반짝이는 것들이 몸을 찔러 마침내 반짝임마저
지워버리는 목소리로

매우 그렇습니다, 1번

매우 그렇지 않습니다, 4번

사이

그러나 어디 갔을까? 시체는 모두 사라지고

흉기만 잔뜩 발견되는

내용물들, 연필을 쥐면 심에 찔리는 종이가 있고

거울을 보면 얼굴에 찔리는 웃음이 있다

9

소나무가 나 대신 바닷가에 서 있다고 했다 아니 걸었
다 온종일 걸어서 도착한 제자리에서
　석양을 좋아했다,
　토끼 가죽을 벗겨 던져놓은 것 같았다. 가죽이 벗겨진
채로
　뛰어다니는 토끼 같았다. 거북이보다 느리게 껑충껑충
뛰고 있는 토끼를
　좋아했다, 소나무 대신
　나는 바닷가에 서 있었다 바다가 토끼처럼 뛰어다녔다
가죽이 벗겨진 채로
　거북이처럼 해가 물속으로 들어갈 때까지

　토끼의 이야기는 끝날 것이다, 토끼가 떠났다는 결말을
남기고

　소나무가 토끼 귀를 쫑긋 세우고
　나는 석양을 좋아해, 말하며 거북이 걸음으로 멀어지는

썰물을 바라보겠지
　소나무의 이야기는

　거북이 등걸 속에 토끼 눈을 옹이로 숨기고 있는
　이야기는
　좋아하지 않았다, 아무도

　나는 누구를 대신해서 내 이야기를 끝내야 할지 알 수
없었다, 누가 떠났다는 결말을 남겨야 할지 알 수 없었다
　너는 *석양을 좋아해,* 말하며 나로부터 멀어지는 사람들
을 소나무처럼 바라보았다
　나를 대신하여 돌아갈 내가 필요했지만

　모두가 떠난 자리에 해변이 남아 있었다
　해변의 이야기,
　오래전 바다는 얼룩말이었다 나로부터 달아나다 얼룩
이 벗겨진 줄도 모르고
　벗겨져 수평선이 된 줄도 모르고
　너무 빨리 달아나다 다리가 사라진 줄도 모르고, 사라져

모래가 된 줄도 모르고

서해에 파랑주의보가 내려졌다고 했다

10

벗어둔 안경을 찾다가 밤을 발견했다, 내가 다가가면 다른 모서리로
　또 다른 모서리로 방 안을 빙빙 돌며 도망치는 것

　불을 켜자
　드디어 창문 너머에 나타나는 것

　눈발이 날렸다 그러나 그건 밤마다 눈 덮인 들판을 떠올리는 습관, 눈을 감으면 시작되는 겨울에
　눈을 뭉치면
　투명한 부레가 있어서 강 한 폭을 붙잡고 날아오르는 상상

꿈에서도
용서할 수 없는 사람을 멀리서 지나치는 것처럼

꿈에서도
나는 주저앉았다, 누군가 여보시게, 그냥 잠들어도 괜
찮네 어깨를 두드렸지만
나는 그의 얼굴을 보지 않고
깨어났다——단 한 가지

후회는 그것, 내 전생의 얼굴을 보지 않은 것

시계는 미래를 과거로 만드는 기계, 배터리를 가르면
검은 시간이 가루로 부서지고
검지로 길게 문지르듯

적막을 거슬러 차 한 대 지나가고
봄이 오고
드디어 어떤 빛도 남지 않은 도로를 두꺼비가 건너갈

때, 그 위를 유유히 떠가는 인공위성

청춘은 아직 다 망가지지 않아서

불을 켜고 안경을 찾는다

4부
이제 내려가요 밥 먹을 때잖아요

무지개 비

맑은 날 염색 공장엔 푸른색이 부족합니다 흐린 날
우산 가게엔 비가 부족합니다

책 속에는 늘 이별이,
창 너머엔
처마 끝에 찔린 공기가 무너지고 있는데

소설 속
주인공들은 왜 소설 밖으로 나가지 못하는 걸까, 영화
속 주인공들이 영화 밖에서
먹고 마시고
밤의 번화가를 배회하는 것처럼
나와 딱 마주치는 것처럼, 순간 이야기가 무너지고 갑
자기 부족한 현실 속에서

나는 매번 고독이 부족해서 집으로 돌아오는 사람, 과
거가 부족해서 찾아오는 밤과 몸이 부족해서 넘치는 슬
픔과
괜찮습니다

인사하며 헤어진 이웃과

이웃이 되지 않는 방식으로 스탠드 조명이 비추는, 비추지 않는 것들로 몰드는 생각 속에서

나는 매번 무너지는 것들의
부족분으로

소설을 시작하고

음악은 갑자기
툭,
꺼지는 것—아무리 볼륨을 키워도
부족해지는 것

그 아래에는 무너진 공기가 파랗게 쌓여 있습니다
염색 공장에 갇힌 장마처럼

잠만 자겠습니다

잠만 자겠습니다, 불을 켜는 등이 세 개 있는 방입니다
불을 끄면, 세 개의 등에
　세 개의 어둠이 달라붙는 방입니다

　조금 걸었습니다, 파도는 방파제에서 멈추었는데 매번
벼랑에서 손을 놓친 사람 같은 눈빛으로
　물러났는데
　파도도 멈추지 못하는 게 있어서
　불을 꺼도

　파도 소리, 방을 얻어놓고서

　방을 나섰습니다, 어둠은 내가 아무것도 떠올리지 못하
는 시절에 만났던 사람들을 줄줄이 세워놓고
　악수를 시킵니다

　축축한 손을 찾아 내 주머니 속에 하나씩 주먹 쥔 바다
를 집어넣고 있습니다
　나는 분명 거기서

멈추었는데, 나도 멈추지 못하는 게 있어서 파도가 숨
긴 흰 손들을 불러 밤새 어둠의 주머니를 다 채웁니다

잠만 자겠습니다 이 방에는 세 개의 등이 있습니다
방아쇠를 당기듯
스위치를 올리면,

세 개의 어둠이 쓰러집니다

가로

가로수는 갇힌 나무, 가로등은
어둠의 폐가

하나는 흔들린다, 가로수는 떠나는 자들의 간격으로 그
러나 그 자리에서 기다리는 형상으로

가로수에게 한 칸씩 방을 주고 우리가 가진 모든 방을
허물어 길을 만든다면,
밤을 만든다면 우리는 영영 떠나지 않아도 될지 몰라,
하지만 그것은 짧은 시간
우리에게 대여된 것

이별에게 돌려주어야 한다 한낮에 잠시 빌려 쓰는 모텔
의 밤처럼, 가로수의 가을이 지나간다

하나는 비춘다, 가로등에서 떨어지는 커다란 낙엽 한
장 그것은 내가 본 것 중
노을이라는 낙엽 다음으로 큰 낙엽
창문이라는 낙엽 다음으로

낙하의 순간만을 보여주는

낙엽

모든 밤은 방 같은 것일까, 잠깐씩 빌려 자던 잠들을 길
가에 줄지어 늘어놓고

차례로 돌려쓰던 변기에 꿈에서 나눴던 비밀조차 모조
리 토해내며

영원히 벗어날 수 없는 아침을 기다리며, 가로수의 미
래를 보여주기 위해

가로등은 가을을 한 채씩 허문다

대여된 잠

닫히지 않는
문,
언젠가 모텔에 가서 보았지, 투명해서 닫아도 닫히지
않는 욕실의 그
문, 알몸이 후회처럼 비치는
문, 집이 있어서
빌려주는 집도 있는 거라면

빌려주는 잠도 있는 거라면, 빌려주는 슬픔도 있어서
창 너머

달

알겠다, 세상의 동전들이 왜 하나같이 둥근 것인지

세상의 저녁이 왜
지폐처럼, 한 장씩 지울 수 없는 얼굴을 새겨놓는지

버릴 수 없는지

여기는 갯벌이 있고, 갯벌에 박힌 배가 있고
물이 들면
저만치서 달이 건너온다, 나는 모텔 욕실에 걸린 수건
한 장을 들고 나와,
출렁이는 달에 손을 담가
배를 놓아주고
젖은 손을 닦는다, 배가 풀어놓은 흰 그늘을 적셔 간다,
바다를 빌려 간다, 얼굴을
동전처럼 던져놓고

모텔로 돌아와

달처럼 수건을 걸어놓는다,

달의 손잡이를 잡고 돌리면 뒤편에서 세탁기가 돌아가
고 있을 것 같다

델몬트 유리병

매미가 내 감정을 울음소리에 담아 갔다 감정을 돌려받기 위해 나는 창가에 앉아 기다렸다 매미가 울면 울음소리 속으로 손을 집어넣을 것이다 감정을 꺼낼 것이다 매미 몰래 매미를 죽일 수도 있을 것이다 울음이란 그래서 매미 대신 감정을 죽일 수도 있을 것이다 울음이란 그래서 창가에 앉아 기다린다 손을 집어넣기 위해 감정을 꺼내기 위해 매미 몰래 매미를 죽이기 위해 울음을 참으면 알게 된다 계절을 결정하는 것은 결국 손이었군 계절 속으로 쑥 집어넣는 손 공중을 휘젓는 손 멀리 나무가 펄럭인다 사람을 훔쳐 가는 것도 손이었군 내 속으로 쑥 들어온 손 온몸을 휘젓는 손 누군가를 향해 손을 흔들면 보게 된다 손의 소용돌이 속으로 사라지는 비행기

병원 옥상에 올랐을 때였다 하얀 침대 시트가 아름답게 펄럭였고 비행기가 고요 속에 떠 있었다 나는 델몬트 유리병을 손에 들고 있었다 따서 흔들어서 따라 주려고 따서 흔들어서 따라 주려면 잠시 울어야 했다 뜨거운 바람이 불고 조용히 앰뷸런스가 들어왔다 주차장을 보았고 소방대원을 보았고 그의 손을 보았다 그의 손에 들린 또 다른

손을 보았다 앰뷸런스에서 내린 소방대원이 잘린 손을 들
고 구석구석 델몬트 유리병이 놓여 있는 건물 안으로 들어
갔다

북해어

북극에서는 사방이 남쪽이라서 오직 남쪽으로만 갈 수 있다고
일단 출발하면 생겨나는 동쪽 때문에

해가 진다고, 서해에서
이제

세상에 아름다운 것은 아직 세상에 아름다움이 남아 있다고 말하는 사람의
아름다움밖에 없다고……
배에서부터 하고 싶은 말이 차오르면 입안에 얼음을 넣었다 얼마나 뜨거웠으면,

물은 영원히 흘러내리는 화상 자국 같다

기차를 타고 가고 있다
스치듯

무언가 휙 지나가고

짧았는데, 누가 마음먹고 던진 돌멩인 줄 알았는데

긴 것이라고 했다

그 안에 환하게 불을 켜고 수백 명이 앉아 있다고, 창밖
을 보고 있다고……
몇 번 더 그랬지만, 한 번도 부딪치지 않고
매일매일
같은 물속으로 더 무거운 추를 달고 뛰어드는 것처럼
매일매일 더 무거운 인생이 뛰어드는 몸으로

해를 보고 있다

어느 날 툭 던져진 그물, 핏줄에 걸려 우리가 자신의 몸
에 갇혀버린 것처럼

침묵을 본뜬 것처럼

감전된 것처럼 파랗게 질린 여름 잎들이 있다, 태양을
바꿔 끼려다 손을 덴 구름

잠시 불이 켜졌다 꺼지는 현관

목소리에 전선을 깔 수 있다면 환해지겠지 귓속은
머리는
생각은,
어쩌다 떠오른 옛일들이 있다

네 말에 전기가 흐른다면 내 얼굴은 전구처럼 켜지겠지,
뺨을 다 태우겠지
죽어버릴 것이다 가을엔

누군가 잿더미 속으로 들어가 다 타고 만 일기장을 펼
치는 것처럼

창문이 열릴 것이다, 침묵이 깨진 것처럼

유례

치매 노인은 침수된 박물관이다. 텔레비전 불빛이 둥둥 떠다니는 유물을 탐사등처럼 비춘다.

물속에 사는 지적 생명체는 익사에 관한 연구를 몽상이라고 부를 것이다.
추락사를 꿈꾸는 일에 대해서는

영원이라고 적을 것이다.

일상처럼, 몽상가의 나라에서 수탈해 간 이름이 적힌 빗소리가 한쪽 벽에 창문으로 걸려 있다.

유례없는 장마가 계속되고 있습니다. 올해의 빗소리는 유례가 될 것이다. 유례가 되어
이야기만 남는 날, 이야기만 남는 꿈, 이야기만 남는 만남과 가끔은 이례적인 어긋남

이야기의 박물관을 위하여
비는 얼굴을 찾는다. 말하는 귀나 듣는 입을 찾아서 빗

소리로
　한 사람의 몸을 다 채우고

　텔레비전 앞에 앉힌다. 영원을 닮은 푸른빛 속으로 끌
고 간다.

　갑자기 일일 연속극이 생각났다는 듯
　노인은 리모컨을 찾지만

　시간은 인간에게 준 것이 인생밖에 없어서 잠시 맡겨뒀
던 마음을 재빨리 되찾아간다.

공가

　이른 아침부터 철거는 시작되었다. 언제부턴가 집을 찾지 못하는 어른과 앉아 있었다. 소읍엔 강이 흐르고 작년 여름, 물에 잠긴 자리에 벤치가 있었다. 벽이 허물어지고, 벽이 있던 자리에 허공이 제 몸을 밀어 넣는 모습을
　보고 있었다. 갓 태어난 아이를 흰 시트에 눕히듯

　지붕이 사라진 자리에 연신 물을 뿌리고 있었다. 먼지를 재우고 있었다.

　가뭄이 강을 철거하는 자리에 삐져나온 철근처럼
　물이 흐르고 있었다.

　괘종시계가 있던 곳에 먼 산이 걸려 있다. 전망대가 있는 산. 괘종시계가 대신했던 산. 어른은 시계를 보듯 산을 본다. 여름이 안개를 그물로 던져 남은 봄을 걷어가고 있다.

　언제부턴가 손에 우산을 쥐고도 비를 맞는 어른과 앉아 있었다. 장마가 오면 벤치는 다시 물에 잠길 것이다. 모래

몇 알을 앉혀놓고 비는 그칠 것이다.

　햇살이 길고 투명한 스포이트로 그 집 어둠을 한 방울
떠 우리 발밑에 떨어뜨려놓았다.
　우리는 한 방울씩 그림자를 끌고 강변을 걷기 시작했다.

하루

눈앞에 어둠이 있으면 어둠의 나이를 묻는다,
넌 아기 같구나

하루가 보면 꼰대 같다고 하겠지만

아기 같은 어둠이라면
참지 못하지,

꼭
아기 같은 슬픔
아기 같은 절망
같아서

해맑은 밤의 얼굴이 보고 싶어서 불을 지피면 금세
늙어서

하얗고 가는 어둠의 손가락이 끝없이 자라나 별 하나를
지우는 것을 본다
악몽의 문지기들이 저 날카롭고 뾰족한 생기로 지키고

있는

　아침이

　냉동고 문을 열듯 하루를 꺼낸다

옥상의 조건

어느 날 나는 공중이 새를 잡아먹는 것을 보았습니다
환한 대낮이 날아가던 새를 꿀꺽, 삼켰습니다

그러나 그만 내려가요, 비의 입장에서는 비 맞는 사람
들의 머리가 바닥이겠지요 우산이 없어서 뛰는 사람들이
보입니다, 걷기의 입장에서는
  우산은 조건입니다 공중의 입장에서는
  투명한 입과 투명한 배와 투명한 살 속으로 새를 옮긴
것이고, 새의 입장에서는

벗어난 것이겠지요 내가 가진 시야로부터, 새의 입장에
서는
  나는 부재의 조건입니다

어느 날 구름은 압송되어 가는 코끼리 떼 같습니다 코
끼리의 죄는 차라리 코가 긴 것
  기린은 목이 길어서 평생을 내다보고 살고
  코가 사라질 때까지 얼굴을 바닥에 문지르며
  비가 오고,

목이 빠진다는 말은 알고 보면 창문 때문이고 가까운 곳에서부터 먼 곳까지 젖고 있는

골목 때문이고

공원이 내려다보이는 옥상 때문이고

돌아오지 않는 새 때문이지만

알고 보면, 공중은 거대하게 흘러가는 강물입니다 풀숲이 있고 헤치고 들어간 곳에 울음을 닮은 알들이 물비늘처럼 반짝이고 있을 거예요

어느 날 공중을 물고 날아오를 겁니다 푸른 식탁보를 강물 속으로 끌고 갈 겁니다

나는 그 광경을 아득히 밤하늘로 바라보다 슬며시 별과 별을 그으며, 부재를 잊겠지요

그러니 이제 내려가요 밥 먹을 때잖아요

5부
우리가 미래에 대해 아는 것이
아무것도 없어도 내일이 오는 것처럼

목항

허공엔 새들이 박혀 있다 허공으로부터
새들을 뽑으려고
바람이 긴 장도리를 들이대면 어느 순간 흰 깃털이 뽑
힌 못처럼 뚝뚝 떨어지는 방파제
울음소리가

구부러졌다, 어둠이 자석처럼 내려와 달고 가는 것들
못과 압정과 종이 위에 빳빳하게 일어서던 쇳가루 같은
파도들
여름 태양 아래
검은 우산을 쓰고 온 가족들이 노란 리본을 묶고 갔다
항으로는 배가 들고
운임표 적힌 대합실은 사람 대신
승선권을 내보낸다

사람들은 배 위를 떠난 적 없다

나는 늦었다 내 몸속 깊이 박혀 있는 뼈들을 뽑으려고
던져놓은 꿈에 걸려

밤마다 자꾸 헐거워져

생각했다 누구의 것일까, 내 꿈은

누구의 바다일까, 내 잠은 그러나 묻지 못했다 내가 가로챌 수 없는 슬픔의 말

내가 가져갈 수 없는 날의 기억과 내가 닿을 수 없는 어둠이 물처럼 깊어서

이곳은 섬

슬픔을 물로 감아놓은 섬 거기 물고기로 박아놓은 섬

뒤늦게 와서

물끄러미 물을 보는 나에게 여기선 안 보인대요 손부채를 흔들던 아이가 말했다

부채를 모아 가리켰다

저쪽이 서울이래요

너무 멀어서

닿지 않는 분노가 거기 있다는 듯 햇빛 속으로 사라지던 아이가 하얗게 웃었다

부채를 펼쳐

손을 흔들고, 나는 반대쪽을 바라보았다 반대쪽으로 떠나기 위해

반대쪽

바다엔 물고기가 박혀 있다

장도리 같은 손으로

물로부터 물고기를 뽑아 올리는 사람들이 배를 몰고 돌아오며 하루를 저녁으로 만든다

부여라는 곳

책 속의 사람들은 무엇을 먹고 살까 침을 묻혀가며, 밥
이라는 글자를 찾으면 배가 부를까 술이라는 글자를 읽으
면 술에 취하고, 꿈이라는 글자를 읽으면 책 속에 사는 사
람들
　잠에서 깨어난다 어느 날의 하루를 어느 날에 읽어서

　나쁜 잠버릇의 아기가 밤새 울듯이
　아니
　이제는 헤어져버린 연인의 다시는 헤어질 수 없음이 깨
어나듯이, 깨어나서
　계속된다

　우연한 바람이 넘기는 저녁에
　우리가 있어서

　공원에 앉은 사람의 손에서 환타가 사라지는 곳, 몸속
의 불이었던 것이 환타가 되고 환타였던 것이 몸속의 물
이 되고 사람이었던 것이 지금은 노을로 앉아
　책 속의 사람을 만난다 부여에 와서, 비행기도 타지 않

고 다른 나라에 와서

　궁 대신 돌을 보고 절 대신 터를 보고 슬픔 대신, 저녁을
다 식히는 환타를 마신다

　죽지도 않고 죽은 나라에 와서

　책 속의 사람과는 어떻게 끝내야 할까, 헤어져서 만난
사람과 다시 헤어지기 위해

　다시 죽을 수 없는 사람들을 위해

　나는 책 속의 노을과 함께 공원에 앉아 환타를 마신다

목격자

나는 자꾸 잊는다, 어제 사랑하는 사람을 버리고 왔다
버려진 사람끼리 모여 있는 유리창 밖에
그리고
버려질 사람끼리 모여 있는 유리창 안에
앉아 있다
어떻게 어제 일을 잊을 수 있지, 오늘 나는 사랑하는 사
람을 버리러 왔다 버려진 사람을 만들려고
버려질 사람으로 앉아 있다
다시 잊고 말겠지
유리창에,
잊지 마 써놓고 바라보면 금방 지워져
공원에는
피켓을 내려놓고 쉬고 있는 사람이 있다 노란 리본 속
에 사인펜으로 그린
눈 코 입이 있고
읽을 수 없는 글자의 미얀마가
있고
아이가 있다, 차가 있으면 장난감 차가 필요하고 총이
있으면 장난감 총이 필요하고

마음이 있으면 장난감 마음이 필요해서

아이는 놀고,

우리는 장난처럼 공원에서 만났는데

나는 벌써 잊었지 죽을 사람이 죽은 사람을 처리하는
인생에서는 누구나 그래서

장난감 총에 맞아 사십 년 동안 죽어가는 사람의

장난감 차를 타고 삼십 년 동안 달려가는 사람의,

평생 동안 지속되는 학살을

잠시

잊고 있는데

가을 분수가 습관처럼 하늘로 솟구쳐 올라서는

떨어지지 않는다,

물안개가 되고 무지개가 되고

장난이었는데

저기 봐 모두들 휴대폰을 꺼내 사진을 찍고 사진 찍은
사실도, 사진도 모두 잊은 채

우리는 유리창 안에 앉아 있다

사진처럼 앉아 있다

오월에서 사월로 무지개가

비가 내려요
아니지

오월
비는

분수대에서 걸어 나온다

사월 바다가 빈 운동장 기우는 학교의 푸른 그림자로
밀려오듯이, 한 장씩 닦던 교실
  유리창 흰 파도로 밀려오듯이

비는

뚜벅뚜벅,
서 있다

구름은 비의 모자
지팡이를 어디 뒀더라? 무등산 능선 철탑을 괴고 서서

텅 빈 눈동자 낮달과 그림자로 쓰러진 호수와
  생각처럼 지나가는 헬리콥터,

  전부를 찾으려고 바닥에서부터 일어서는 비

  모든 허공을 뺨으로 만들며

  비가 내리고
  나는 서울에 가야 해요 그곳에 내가 있어서 나를 키운
모든 욕망이 있고
  그곳에 내가 없어서 나를 죽인 모든 것이
  있는,
  아니지

  사랑해서

  걸어서
  비처럼

나는 갑니다 사랑하는 동안에

나의 우산은 비 갠 뒤에만 펼쳐지지
무지개 손잡이가 달린 하늘 한끝에

매단다

분수대 환한 물의 발자국으로 서서,
내가 이 세상에 없었던 시간을

내가 이 세상에 없어진 시간에

광주

돌
하나를 주고
내 산책을 가져가는 시간을 만난다

돌, 그것이 오후라는 듯이
돌 하나를 주머니에 넣고 걸으면

그것이 마음이라는 듯이,
데워져

아무래도
돌에게 빼앗긴 게 있는 것 같아

버리지 못한다, 돌을 책상 위에 올려놓고 불을 켜고 바
라본다
내 몸에서 잠을 꺼내 뭉쳐놓은 것 같아서

내 잠에서 꿈을 꺼내 뭉쳐놓은 것 같아서

돌을 쥔다, 마음이 다 건너갈 때까지
물컹해질 때까지 벌겋게 뜰 때까지
이 도시엔,

밤을 뭉쳐 돌을 만드는 시간이 있고, 쥐고 있으면

슬픔을 빼앗긴다

백제 수업

나는 학생도 아닌데

이봐 학생, 돌 속에 새가 있어
보도블록에 갇힌 새

날개였던
손, 금남로를 가득 메웠던

아무리 휘저어도 날 수 없어서
돌을 날리던 사람들,
이봐

나는 두꺼비도 아닌데
내가 무너뜨린 집 앞에서 보도블록을 깔고 있다
잠든 돌을 깨워서

 새를 날려 보내고 있다, 먼지는 깨진 슬픔에서 건져 올
린 보도블록처럼
 떠 있고

멀리 빌딩 숲에 빈 둥지처럼 걸린
해

금 간 듯
번져, 나는 두꺼비도 아닌데 몸에 꼭 맞는 돌을 입고서
돌에 꼭 맞는 몸속으로

이사 간다, 새 집에 들면

새가 버리고 간 새
집처럼, *이봐*
부르면 텅텅 울리는 슬픔 속에서

나는 다시 학생으로 누워
배운다,

우주를 보여주려고 밤이 오는 것

바다를 말하려고 비가 내리는 것

우금치

사랑을 잃은 사람은 꼭 소를 잃은 사람처럼,
마음의 등뼈를 가을 능선으로 펼친다

우리가 미래에 대해 아는 것이 아무것도 없어도 내일이
오는 것처럼
우리가 볼 수 있는 것이 아무것도 없어서
거기 있다

밤의 전부로 가득 찬 어둠
검은 물, 계곡과 침묵

속에서는

알게 된다, 밤이라는 잉크가 없었다면 오랜 태양의 역
사는 씌어지지 않았을 것이다
그림자의 먹지 속으로 스며들어 하나의 인생에서 다른
인생으로
사랑은 전달되지 않았을 것이다

오늘은 오지 않았을 것이다, 멀리서 누군가 온몸으로 불을 들고 온다 온몸을 태우며 온다

소 떼 그리고
불과

재의

밤은 달린다 소의 뿔처럼

도망친다 소의 눈 속으로

누런 등뼈의 가을 산, 출렁이며 불을 들고 불을 들고 서울로 달려가는 가을 산
우리가 닿을 수 있는 곳이 아무 데도 없어서, 고삐처럼 바닥에 던져진 별빛이 서로의 슬픔을 끌고 간다
우리들의 불, 사랑과
우리들의 재, 인생의
들판으로 소 떼가 지나가고 태양이 쓰러진 곳에서 풀들

이 하나씩 이슬을 깨물고 일어나는 때

혼자 남은 송아지 울음처럼, 몸

저자

불난 마을을 뛰어다니는 돼지들같이, 우리를 나와서도
마을을 나갈 줄 모르는 돼지들같이
돼지를 쫓아
주인도 없이 컹컹 짖어대는 개들같이

네 혀는 그게 불씨인지도 모르고 빨갛게 피어난다 네
숨이 불길인지도 모르고……

네 몸은 그게 아궁이인지도 모르고 일어선다 그을린 솥
이 나뒹구는 마음인 줄도 모르고……
컹컹, 짖으며 나는

검은 재가 둥둥 뜬 솥 안에서 꿀꿀거리는
밤을 쫓고 있다

농공 단지

차는 경사를 만들 줄 안다 바퀴는 아래로 구르니까, 비
행기는 바람을 만들 줄 알고

배는 파도를 만들 줄 안다 어떤 이름은 과거를 만들 줄
안다

지옥을 만들 줄 안다, 길이 끝나는 곳에서 가로수는 나
무가 된다 그 자리에서 정자가 된다

출근부에서 하나씩 지워지던 이름처럼 야근을 하던 사
람들이 차례차례 누웠다 간 자리

평상이 된다 정자나무 아래
누워

가을의 키를 재고 있다

가을의 키가 낙엽이 떨어진 높이에서부터라면 한쪽 끈
이 끊어진 그네처럼, 낙엽은 투명한 궤적을 붙잡고 빙빙
도는 팔

벌집을 건드려놓은 것 같은 저녁

마을을 껴안고 있다

저기 봐,
사람이 불타고 있어 아무도 저녁 해를 끄려 들지 않는데
불 속에서

불을 보는 사람

우리는 눈금을 가지고 있다 온몸에 마디를 가지고 있다
목과 늑골과 무릎과 팔꿈치, 모든 관절을 꺾고
　가을의 깊이를 잴 수 있을 만큼 긴 눈물을 가지고 있다
　그리고

뚜뚜뚜뚜, 끊어진 통화음처럼

아이들
성 뒤에 두 글자씩 이름을 가진 아이들
낙엽처럼 쓸려 다니던
아이들, 어느 날 이름 대신 성씨로만 불리게 될

주머니에는
가제트가 그려진 딱지나 라이터 그리고

도루코

우리는 정자나무에 이름을 새겼다 도루코 칼을 들고
돌아가며, 한 획씩 정성껏 이름을 파도
좀처럼 눈에 띄지 않던 이름이
다음 해엔 쩍 벌어져 굵은 글씨로 보이고 그다음 해엔
더 벌어져
한 획마다 공처럼 부풀고

그다음 또 다음 해엔
희미하게 사라져

보이지 않던
이름의 정자나무, 아래
우리는 차례차례 누웠다
떠났다

연무일

한 번도 벗은 적 없는 하얀 투구
내 얼굴 뒤의 해골 가면

몸속에 서 있는 흰 연기처럼 가느다랗게 피어오르는,
흰 뼈로 받쳐놓은 그것
그 위에 달무리로 부풀었다가 차가운 밤공기 검은 피부
속으로 숨어버린 그것

아무도 모른다, 누가 나를 이곳에 지펴놓아서
환한 불처럼 타는 마음 위에 벗을 수 없는 얼굴을 어둠
처럼 껴입고 있다
누가 나를 이곳에 지펴놓아서

가스레인지 약한 불에 천천히 끓고 있는 미역국처럼,

생일은 끝나고

먼저 와 기다린다 먼저 와 먹고 먼저 와 자는 것들 아침
이 슬픔인 이유인 하루들, 그들이

마침내 내 가면을 벗길 날이 올 것이다, 하지만 가면 앞에 달린 내 진짜 얼굴을 알 리 없으니

  가르쳐주지, 나의 얼굴 세상에 내리는 모든 어둠
  망각이 잠시 스스로를 잊고 누군가를 그리워할 때 바로 그 표정, 시멘트 바닥에 꼭 한 방울 잘못 떨어진 빗방울이 만드는
  그늘 같은
  나의 얼굴
  누가 지펴놓은 마음, 그 끝까지 감싸며 기어이 아무것도 보여주지 않는 캄캄한 밤의 눈 코 입

  나의 피부는 노을의 붉은 천막처럼 팽팽하게 당겨진다

  나의 눈빛은, 아무도 죽지 않았는데 검은 리본을 꽂고 피우는 향처럼 별밭을 흘러 다닌다
  아무도 죽지 않았는데, 삼베옷을 입히듯 해변의 목 끝까지 파도를 밀어 올리는 밤바다처럼

나의 목소리는 내가 오랫동안 알았던 너의 목소리로 내
이름을 부를 때,

　내가 오랫동안 들었던 너의 울음으로 남는다

6부
평생 같은 말을 반복하는 앵무새도
늙어 죽겠지

마모

돌 위에 돌을 올려놓는 모습을 보았다. 이 많은 돌은
하나의 돌에서 깨어져 나온 것일까.

더 작은 돌들이 뭉쳐진 것일까.

돌 위에 돌을 올려놓는 모습이
돌 위에 돌이 놓여 있는 모습으로
바뀌고

지금 그것은 정류장에 있다, 자신이 있는 곳을 부인하
기 위하여 자신만의 이름을 가진 정류장에

버스 안에 있다, 제자리에서 끝없이 이별을 시연하기
위하여 꼼짝없이 앉아 있고
버스는 정류장에 멈춘다.
그것은 내린다. 다른 이름을 가진 같은 장소에

다른 정류장을 다음 정류장이라고 믿게 하기 위하여
버스는 떠나고

그것은 횡단보도 앞에 있다. 자신이 있는 곳이 건너편
이라는 것을 증명하기 위하여
하얗게 가로 그은 선 사이로 바퀴 소리를 내며
돌들이 구르고

마침 다른 그것이 다음 그것을 쳐다본다. 다른 그것이
다음 그것을 알아본다.
그것의 이름을 떠올리자

돌들이 멈추고

그것은 정류장이 된다. 한때 거기서 버스를 기다렸다.
빨간불에 걸린 버스는 오지 않고
기다림을 보여주기 위하여 신호등은 깜빡이고

이제

정수리 위로 맹렬하게 떨어지고 있어서, 노을 아래서도

무언가 써야 한다면

　양산이 좋을지 우산이 좋을지

　모르는

마음은 축축한 몸을 이끌고 감자탕집으로 간다. 몸속에
빨간 국물을 떠 넣는다. 머리 위로 떨어지는 빨간 국물을
　마음은 노을로 바라본다.

　빨간 신호에 걸린 것처럼

퇴식구

그때 복도는 몇 개의 전등으로 창밖의 노을을 이겼을까
더운 날, 물컵에서 흘러내리는 물방울

하늘 한쪽엔 저녁이 쥐었다 놓은 지문처럼 희미하게 달
무리가 남아 있는데
나는 도구함 같은 머릿속에 생각을 넣어놓고

구내식당에서 밥을 먹는다, 형광등은 어떻게 자신을 식
판마다 똑같이 나눠 줄까
창문이 어둠을 똑같이 나눠 담듯이

그리고
컵에 따랐던 물을 다시 몸에 따르듯이
툭

불이 꺼지면, 하루치의 복도가 밥찌꺼기 같은 별들을
뺨에 묻히고 걸어온다
돌아보면

고요하다, 복도는 어떻게 자신을 사람들의 걸음마다 정
확히 나눠 줄까 모두
　지나가게 만들까

　구내식당은 복도 끝에 있어서
　창문에 묻은 별을 닦기 위해 검은 손이 내려와 한 장씩
안개를 뽑아 올린다

앵무새 둥지

내 방 손잡이에는
침묵이, 자신을 부드럽게 돌려 책장처럼 넘겨줄 순간을
기다리며
어둠이, 하단에 찍힌 쪽수처럼 달려 있다 나는 늘 같은
페이지를
펼쳐두고 있다

늘 같은 꿈에서 깨어난다

문을 닫아두고 있다

이제 다 끝난 이야기가 끝나지 않는 시간이 있고 잠에
서 깨고 난 뒤에도 깨지 않는 꿈이 있고,
오래전의 이야기로부터 오늘에 도착한 다섯 시를
오후가 받아내고 있다

방 안의 어둠이 이야기 속에서 침묵을 모으고 있다

오후 다섯 시에 전화가 온다

여보세요, 말하면
여보세요, 답하는

약속을 취소하고 외투를 입는다

언제나 똑같은 페이지에서 펼쳐지는 책처럼 다섯 시의
손잡이는 같은 문에 달려 있고
바닥에는 타일이 체스 판 모양으로 박혀 있다, 나는 어
디를 딛고 이 방을 나가야 하는지 모른다

어떻게 다음 페이지를 넘겨야 할지 모른다 그러나

평생 같은 말을 반복하는 앵무새도 늙어 죽겠지, 나는
외투를 입은 채 텔레비전을 켠다

7부
제 몸속의 아이들을 침묵 속에 가두느라
어금니가 다 상해버린 마법사

포인트 니모

미래는
공중에 숨어 있던 포물선을 잠시 보여주고 떨어지는 돌
멩이의 유일한 바닥,
그곳에 쓰러져 있다

눈이 온다, 그건 우리만 쓸 수 있는
말
아아아아 입을 벌리고 나는 세상을 다 가진 아이처럼
뛰어오를 것이다
눈이 간다, 그건 구름만 쓸 수 있는

다만 눈부신 겨울 들판을 물끄러미 바라보는 노파에 대
해서라면
허락되겠지,
그는 제 몸속의 아이들을 침묵 속에 가두느라 어금니가
다 상해버린 마법사

우리로부터 가장 멀리 있는 바다에 별들의 무덤이 있다
고 했다

해변을 갖지 못한 푸른 고독이 입술을 지워버린 얼굴로
출렁이는 곳, 태양이 피 묻은 돌멩이처럼 떨어지고 시간
의 아이들이 하얀 피를 뚝뚝 흘리며
　그러나

　도굴된 후에도 끝까지 썩지 않는 눈사람의 치아처럼

　너에 대한 이야기를 시작하고도 오랫동안 나는 너를 만
나지 못했다,

　나에 대한 이야기가 시작되고도 오랫동안 나는 태어나
지 않았다

슬픔과 돌
── 신용목 형에게

송종원
(문학평론가)

　형, 해설을 쓰려는데 어딘가 어색한 기분이 들었습니다. 이상하게 글을 쓰는 손가락에 힘이 들어가지 않아 여러 가지 생각을 했어요. 아니, 반대로 너무 힘이 들어갔던 것일까요. 해설이라는 형식이 지닌 어떤 거리감이 어색함을 유발한 것일지도 모르겠어요. 해설은 작가와 해설자 사이에 독자를 두고 말하는 형식에 가까울 텐데, 제게는 형에게 먼저 전하고 싶은 말들이 있었던 것 같기도 합니다. 아무튼 뭔가 다른 방법이 필요했습니다. 그러다 신기하게도 형의 전화를 받았습니다. "힘들지? 미안해! 살살해. 난 발문 같은 것도 괜찮아"라고 말하던 형의 목소리. 알아서 하겠다고 능청을 부리며 답했지만 속으로는 답을 얻은 느낌이 들었습니다.
　의사들 사이에는 가족 관계에 있는 사람의 위중한 수술

을 하지 않는다는 불문율 같은 것이 있다죠. 친밀한 사람이 위독한 상황에 놓여 있으면 감정적으로 대처할 수 있으니 그런 관례가 있는 것이겠죠. 수술에 실패할 경우 찾아올 깊은 죄책감을 염려하는 시선이 작동한 문화인 듯도 하고요. 이번 시집에 자리한 위중한 마음의 시들을 생각하며 막연하게 제 기분이 그 이야기들과 관련이 있지 않을까 짐작도 했지만, 실은 아직도 잘 모르겠어요. 형의 시를 읽고 그 의미를 말하기보다는 저도 제 목소리를 들려줘야 한다는 생각이 컸습니다. 해석의 일을 하는 사람이라면 누구든지 할 수 있는 말이 아니라, 제가 형과 함께한 시간을 걸어두고 이야기할 수 있는 말을 떠올릴 필요도 느꼈고요. 평론이 지닌 격식보다는 조금은 편하게 흐트러진 목소리, 그래서 말이 아니라 말 너머의 무언가를 조금 드러내 보이는 글을 써야 한다는 느낌도 받았습니다. 그러다 지금 이런 형식의 글을 쓰고 있어요.

형의 이전 시집들과 일곱번째 시집이 될 이번 원고 속에서 헤맸습니다. 첫 시집 『그 바람을 다 걸어야 한다』(문학과지성사, 2004)의 첫 시 「갈대 등본」부터 읽어보았습니다. 그 시에서 "아버지의 뼈 속에" 든 '바람'이 얼마 전 작고한 시인 신경림이 적었던 '갈대'의 울음과 닿아 있다는 생각이 들었어요. 그렇다면 보이지 않는 울음 속으로 걸어 들어가고, 컴컴한 울음을 통과하는 일이 형의 시였을까요. 비슷한 어둠을 「옥수수 대궁 속으로」에서도 발견

할 수 있었어요. "대처를 돌아온 자식이 세월도 바람도 아닌 그 깊은 속을 보고 싶어 까칠한 마디 슬며시 쥐었을 때, 나는 그만 대궁마다 가득한 어둠에 빠져들고 말았습니다." '대처'라는 말이 형 시 속에 있다는 것을 새삼 깨달았어요. 그런데 저 어둠은 대처로 회귀한 삶에서 발견되는 무엇일까요, 아니면 대처에 나간 자식은 모르는 어둠일까요.

거창에서 자란 형의 이야기는 『나의 끝 거창』(현대문학, 2019)에 잘 씌어져 있죠. 창끝처럼 날카로워지는 감정의 파고가 느껴지는 그 시집을 내고 형이 했던 말이 기억납니다. 왜 그런지 모르겠지만, 한 번은 써야 할 것 같았다고 했던가요. 자신의 기원을 되돌아보는 일은 누구나 가질 수 있는 태도이기에 그런 것인 줄로만 알았어요. 그곳으로부터 멀리 떠나온 자신에게 묘한 죄의식 같은 것을 느끼는 듯하기도 했고, 시인으로서 형의 삶이 늘 가닿으려 했던, 보이지 않는 순정한 시간들을 거창에서의 흔적으로 그려 보이려나 여기기도 했습니다. 하지만 이는 아주 작은 일부에 대한 해석이라는 것을 알게 되었죠.

다시 보니 이름을 불러주는 일이 아주 중요한 시집이었어요. 호명에 연동된 감정과 관계를 되살리면서 자신이 누구의 이름까지 떳떳하게 불러낼 수 있는가를 실험하는 시집처럼 보이기도 했습니다. 그런데 이름을 부르다 보면 자신의 이름과 타인의 이름 사이에 끼어 있는 또 다른 이름들이 떠오르기 마련입니다. 그 이름들은 이 시집에 실

린 형의 산문에 등장합니다. 그 글에서 제가 인상 깊게 본
것은 한 선생님의 모습이었습니다. 무작정 여행을 떠나
기 위해 학교 담장을 넘는 아이들을 불러 세워놓고 자신
의 코펠을 챙겨주시던 분 말이에요. 주영환 선생님이었던
가요. 그분은 형이 그린 거창이라는 무대 위에서 작은 배
역을 맡고 있을 뿐이지만 그와 같은 자리가 있었기 때문
에 형이 성장했던 그리고 그리워하는 청년 공동체의 모
습이 가능했다고 확신합니다. 때때로 자신을 전교조 세대
이전의 '참교육 세대' 사람이라고 설명하던 형의 목소리를
기억합니다. 그 목소리에 자부심이 묻어 있었다는 사실을
뒤늦게 감지하게 됩니다. 형도 수학한 바 있는 김인환 선
생님께서 그런 이야기를 하신 적이 있어요. 이십대 시절
누구와 대화를 나누었느냐에 따라 삶이 달라지고 또 결정
된다고 말이죠. 『나의 끝 거창』에서 불린 이름들이 형 삶
의 구성 인자들 같아요. 다시 그 이름들을 떠올려봅니다.
그러고 보니 그 시집에서 형은 지금의 저처럼 '형'이라는
말을 자주 쓰며 서로를 애타게 불러주던 목소리와 하늘에
서 떨어진 달의 눈빛을 그렸죠.

> 인간이 인간이기 이전에 그만 떨어지고 만 달 하나
> 가 여태 버려진 눈을 끔뻑이고 있거나, 꽁꽁
> 피처럼 핏줄 속에
> 핏줄처럼 몸속에 감겨 있는 사랑이 모든 것을 잃어

버릴 준비를 다 마친 채

이무기처럼 긴 한 줄 문장이 되려고 잠들어 있는지도

모르지. 페이지마다 모서리로 화살표를 만들어 마음

안쪽을 가리키게 접었던 밤.

말하자면 우리들의 책

모리재에서

우리는 서로를 대독했다.

——「모리재」 부분

  서로의 목소리를 대신 내주며 서로의 마음 안쪽에 이르
던 시간들이 "모든 것을 잃어버릴 준비를 다 마친 채" 있
었다니! 역시 시인은 현재 속에서 미래를 끌어와 사는 사
람인가요. 형은 스물이 채 안 되었던 시기에 마흔쯤의 삶
을 예감했나요. 이상한 일이에요. 어느 시점에 이르면, 그
러니까 이십대나 삼십대는 아니고 한 마흔쯤에 이르면 삶
을 되감아 보는 순간들을 종종 맞이하기 시작하는 것도
같습니다. 이름을 부를 수 있는 사람들이 있는 곳이 살 만
한 곳이겠죠. 용목이 형, 형은 저 청년 공동체에서 어린 나
이에 어른스러운 공간을 경험했던 듯합니다. 혼자만의 삶
을 떠올리지 않고 누군가의 삶을 늘 함께 염려하며 대신
하려고까지 하는 경험과 그에 동반되는 독특한 앎. 이런
감각이 낯선 이들에게 형은 좀 이상하게 보일지도 모르겠
어요. 뒤에서 이야기하겠지만 제게도 그랬습니다.

'대처'를 이야기하려다 '거창'을 먼저 이야기했네요. 모리재의 기억과 겹쳐 읽으면 대처, 즉 시공이 흐릿한 '아무 날의 도시'(『아무 날의 도시』, 문학과지성사, 2012)에서의 풍경은 더 허기지고 어두워집니다.

> 식당 간판에는 배고픔이 걸려 있다 저 암호는 너무
> 쉬워 신호등이 바뀌자
> 어스름이 내렸다 거리는 환하게 불을 켰다
> 빈 내장처럼
>
> 환하게 불 켜진 여관에서 잠들었다
> 뒷문으로 나오는 저녁
>
> 내 머리 위로도 모락모락한 김이 나는지 궁금하다 더
> 운 밥이었을 때처럼
> 방에 감긴 구불구불한 미로를 다 돌아
> 한 무더기 암호로 남는 몸
>
> ——「아무 날의 도시」 부분

이 시에서 느껴지는 허기들이 제 속의 무언가를 찌르는 듯합니다. 무엇을 먹어도 채울 수 없는 빈 육체를 확인하게 되는 허기만큼 사람을 배고프게 하는 것이 또 있을까요. 고향을 떠나온 후 세상의 모든 집을 여관으로 느끼는

심정은 지방 소읍에서 도시로 이주한 경험이 있는 저 역시 잘 알고 있습니다. 도시는 우리에게 깊은 무의식을 제공합니다. 암호가 되어가는, 자물쇠처럼 보이는 몸을 열쇠를 끼워 맞춰 그 몸을 열어보고 싶었습니다. 형도 이 시의 뒷부분에서 그런 일을 하죠. 화자가 "가방의 소화기관"인 노트를 꺼내 그 안에서 '너'를 부르며 '너'를 되새김질하다 결국에는 '너'가 아닌 다른 이야기를 적어놓은 흔적을 보는 장면을 잊지 못합니다. 형의 시는 늘 '너'에 당도하는 길목에 어떤 칸막이를 달아놓았던 것도 같아요.

사석에서도 몇 번 이야기했죠.「소사 가는 길, 잠시」(『그 바람을 다 걸어야 한다』)를 좋아한다고요. 횡단보도에 잠시 멈춰 선 버스 안쪽에서 창밖 상점의 한 인물을 보며 그의 시간과 자신의 시간을 살짝 포개어보는 순간, 가닿을 수 없는 서로의 쓸쓸함이 번져 나와 오래 기억에 남는 작품이라고 생각해요. 그 시를 읽고 저는 사람들을 만날 때마다 그들과 제 사이에 놓인 유리를 마음속으로 한번씩 쓸어보는 습관이 생기기도 했습니다. 이번 시집 원고를 살피면서 이러한 '잠시'의 순간이 꽤 많다고 생각했습니다. 어떤 건널목 혹은 신호등 앞에 잠시 주저하며 멈춰 선 시간들에 대한 이야기.

　　　문을 열고 나오면 신호등에 걸려 있는 인파, 구겨졌
　　다 펴지는 횡단보도

버스에는 잠든 사람들,

서자마자

한꺼번에 쏟아져 나오는…… 그러나

——「봄 학기」 부분

　이 시에는 '봄 학기'를 준비하며 복삿집에 들러 복사를
하는 사람이 등장합니다. 실제로 복사되는 것은 문서겠지
만, 그는 자신의 삶이 나날이 복사되고 있다고 느끼죠. 반
복되는 일상에 지친 사람의 심정이 그려진 듯도 합니다.
그런 사람이 이름도 모르는 사람들이 서로를 피해 무리
지어 움직이는 자리에 우두커니 멈춰 서서 길을 헤매고
있습니다. 봄이 되고 학기는 시작되었는데, 이 사람은 세
상의 속도로부터 반쯤 비켜서서 생각에 골몰하고 있습니
다. "학교는 어때요?"라고 물으면 웃음과 한숨을 반씩 섞
어 반응하던 형의 얼굴이 떠오릅니다. 그러고는 "내가 좋
은 선생이 될 수 있을까"라고 되물었던 것도 같습니다. 그
리고 약간 쉰 뒤 "좋은 시인이 되기도 힘든데……"라는 말
을 덧붙였죠. 시인의 자리와 생활인의 자리에 동시에 서
는 일에서 형이 부대낌을 느끼고 있나 염려되기도 했습니
다. 생은 늘 연속과 자연스러운 이어짐을 요구하는데, 형
의 시에 나오는 인물들은 그 이어짐의 구간에서 항상 미
세한 충동 속에 번민하는 듯한 인상이라 읽는 사람도 숨
을 한번 고르게 합니다. 휩쓸려 살 수 없게 만드는 데가 있

다는 말이기도 합니다. 그런 면에서 형은 문학의 시간을 몸소 보여주는 선배 같습니다.

떠밀려 가듯 사는 사람이 아니기에 형은 「그리고 날들 ─ Bitter Moon」(『누군가가 누군가를 부르면 내가 돌아보았다』, 창비, 2017)을 쓸 수 있었을 거예요. "세상의 모든 외로움이 밥을 먹을 시간이"라고 시작하는 시. 밥을 먹으며 시의 목소리가 중얼거립니다. "*나는 입을 가졌구나 부드러운 목을 가졌구나 따뜻한 배를 가졌구나*". 몸 없이 떠다니던 영혼이 처음 몸을 맞이하듯 중얼거리죠. 그런데 사실 이 시에는 실제로 몸 없이 떠다니는 영혼들이 있습니다. "일곱시면 철길 앞에 내려오는 차단막, 그 너머로 아이들이 들고 뛰는 삼색 리본 같은 것들이 휘날린다"라고 씌어진 시의 전반부는 후반부에서 지나가는 기차를 바라보며 "칸칸이 환한 창의 얼굴들을 모두 놓치고/경종 소리를 내며/아이들의 거리에서 일곱시가 사라지"는 장면을 맞이합니다. 삼색 리본을 보며 사람들이 알아보았을까요. 이 시는 '세월호 참사' 이후 무엇 하나가 빠져 있는 마음과 정신으로 살아가던 날들을 떠올리게 합니다. 참사 이후 유가족의 식탁에 놓였을 곤궁과 고통을 형은 모두의 식탁으로 가져오고 싶었나요. 형은 그 식탁 위에서 밥을 먹고 시를 썼는지도 모르겠다는 생각이 듭니다. 같은 시집에 또 다른 참사를 환기하는 시가 한 편 있습니다.

용산역에 내렸을 때 보았다 철로 위에서 마지막까지
내려오지 않는 기차를

——「이별」전문

    단지 이별의 정서를 말하는 시로만 읽을 수가 없었습니다. 용산이라는 이름에 새겨진 상처를 떠올리지 않을 문인이 드물 거예요. 자신의 길을 "내려오지 않는 기차"는 용산을 둘러싼 개발지상주의가 자행했던 폭력을 떠올리고 있을지도 모릅니다. 저 역시 2009년 이후 한참 만에 찾아 너무 낯설어진 모습의 용산에서 남일당의 위치를 혼돈 속에 가늠해본 적이 있습니다. 용산 참사 이후 작가들이 공동 행동을 하던 때 형의 모습을 잊을 수 없어요. 그때 형이 작가선언에 썼던 구절, "술 마시고 깨어 보니 역사를 몽땅 훔쳐 가버렸네. 일어나자, 친구야, 도둑 잡으러 가야지!"도 기억합니다. 많은 작가가 집단행동을 조금씩 어색해하고 반성이 없는 정치 세력에 처져 있을 때 이상하게 형은 조금도 지친 기색이 없었습니다. 진짜 도둑을 붙잡아 심판대에 올릴 것을 기대하는 사람처럼 말이죠. 6월 9일이었던가요, 10일이었던가요. 작가들이 대한문에서 선언문을 낭독하고 서울광장으로 이동하려다가 경찰들이 스크럼을 짜서 당황하고 있을 때, 제 앞에 있던 형은 그들 사이로 뚜벅뚜벅 걸어 들어가 서로 맞잡고 있는 두 경찰의 손을 마술처럼 쉽게 해체했죠. 그러면서 원래 저렇게

짜인 스크럼은 잘 풀린다고 아무렇지도 않은 듯 말하며 해맑게 웃던 얼굴이 떠오릅니다.

사회적 사건과 참사 들에 대해 형은 어떤 책임감을 가지고 쓰고 있지 않나 생각합니다. 형을 처음 알아가던 때 늘 이상하게 생각하며 듣던 말 중 하나가 형의 '사과'였어요. 주위 사람들이 세상사나 어떤 경험에 대해 불평을 늘어놓으면 조용히 고개를 주억거리며 듣던 형이 마지막에 "미안해, 내가 선배 시인으로서 사과할게" "미안해, 내가 또래를 대신해서 사과할게" "미안해, 내가 경상도 사람들을 대신해서 사과할게" 등의 말을 하고는 했죠. 당황한 기색을 적당히 숨기며 "아니, 왜 형이 사과를 해. 이상한 사람이야"라고 하던 목소리들이 생각납니다. 저 역시 그런 목소리를 낸 적이 있을 테고요. 부끄럽지만 시간이 지나고 나서야 실감했어요. 책임에 대해 이야기해주는 누구 한 명쯤은 필요하다는 사실을 말이죠. 책임감의 범위가 넓은 사람이 '너'에 대해서도, '너'와 같이 사는 공동체에 대해서도 어색함 없이 이야기할 수 있다는 사실도요.

한동안 광주에 내려가 살았던 형은 광주라는 도시가 가지고 있는 어떤 열기를 이번 시집에 옮겨놓은 것도 같네요. 5월 광주와 4월 세월호를 이어 무지개를 만든 시(「오월에서 사월로 무지개가」)가 보이기도 하고, 분수대의 물줄기가 솟구쳐 세상을 적시는 시들(「시계탑」「연애」)이 눈에 띄기도 합니다. 사실 광주가 직접적으로 드러나는 시는 이미 『나의 끝 거창』에 있습니다. 그 시집에 실린 「시」
는 형을 만날 때 혼자 떠올리고는 하는 시이기도 합니다.
광주 YMCA회관에서 낭독하는 시인 김남주의 목소리에
꽂혀 있는 열일곱 살의 신용목이 나오는 작품이죠. 5·18
기념제에 참가했다가 경찰에 쫓겨 숨어든 옥탑에서 자신
의 심장 소리를 처음 듣던 어린 시인의 얼굴을 형의 얼굴
에서 몰래 찾아보고는 했습니다. 그리고 이번 시집에서
저는 「광주」에 오래 눈이 갔습니다. 광주의 기억을 심장처
럼 지니고 있는 사람에게서 어떤 말들이 흘러나오고 있나
유심히 살폈습니다.

    돌
    하나를 주고
    내 산책을 가져가는 시간을 만난다

    돌, 그것이 오후라는 듯이
    돌 하나를 주머니에 넣고 걸으면

    그것이 마음이라는 듯이,
    데워져

    아무래도
    돌에게 빼앗긴 게 있는 것 같아

버리지 못한다, 돌을 책상 위에 올려놓고 불을 켜고
바라본다
내 몸에서 잠을 꺼내 뭉쳐놓은 것 같아서

내 잠에서 꿈을 꺼내 뭉쳐놓은 것 같아서

돌을 쥔다, 마음이 다 건너갈 때까지
물컹해질 때까지 벌겋게 뛸 때까지
이 도시엔,

밤을 뭉쳐 돌을 만드는 시간이 있고, 쥐고 있으면

슬픔을 빼앗긴다

———「광주」전문

산책길에 주워 온 돌 하나를 책상 위에 올려놓고 시를
쓰는 형의 모습이 보입니다. 이 돌은 무엇일까요. 마음이
면서, 어떤 시간이면서, 또 열기인 듯도 합니다. 어둠을 몰
아내는 기운을 가진 것도 같군요. 형의 마음을 가져간 것
은 확실해 보이네요. 그러다 슬픔까지 빼앗아 갑니다. 슬
픔이 사라졌다는 말이 아니라 슬픔이라고 불리던 것들 이
상의 무엇이 찾아왔다는 말일 것이라 생각합니다. 저는

이 시를 읽으며 앞서 언급했던 김남주를 떠올렸습니다. 그의 시 「돌멩이 하나」(『사상의 거처』, 창비, 1991)에도 돌멩이가 나옵니다. 친구와 함께 역사의 어둠을 몰아낼 돌멩이 하나, 불씨 하나 되기를 기원하던 시. 그러던 중 죽음도 함께할 친구의 존재에 이상한 평화를 맞이했던 시. 혹시 형도 그 시를 떠올렸을까요. 그리고 친구를 생각했을까요. 시인들은 이상합니다. 사물이나 언어 속에서 그들은 묘하게 얽혀 교신하고 있는 듯해요. 가끔 시인들의 나라가 따로 있겠다는 생각이 듭니다.

  사람들은 형의 시를 이야기하며 흔히 '바람'을 언급하지만, 실은 오래전부터 형의 시 세계에서 구심점들을 구축해온 것들은 '불'과 '돌'과 '재'입니다. 특히 돌이 나올 때면 단단한 구원의 이미지나 시선 같은 것이 느껴집니다. 시선이라고 말한 이유는 형의 시에서 '돌'이 '달'과 크게 다르지 않다고 느끼기 때문입니다. 달과 돌은 시 속의 세계를 비춤과 동시에 시선을 주는 역할을 합니다. 그래서 화자가 돌을 바라볼 때 돌 역시 화자를 바라봅니다. 이 시선의 교환이 김남주의 시에 등장하는 '친구'와 같은 역할을 하는지도 모르겠다는 생각을 했습니다. 친구는 슬픔을 빼앗아주는 사람이라고 부를 만하죠. 그리고 이 돌을 이해하기 위해서라면 형 시집 『비에 도착하는 사람들은 모두 제시간에 온다』(문학동네, 2021)의 다른 시에서 이런 구절을 옮겨 와 잇대어놓아도 좋겠어요.

돌 속에는 돌이 있고 그 속엔 또 돌이 있다는 이야기
같다 중얼거리는 것이 꼭 누군가에게 속삭이는 일 같
다, 속삭이는 일이 돌에게서 돌을 벗겨주고 물에게서
물을 말려주는 일인 것 같다

　　　　　　　　　　　　　　　　──「오르골」부분

　아마도 이 시는 '돌돌돌' 소리를 내는 오르골을 앞에 두
고 착상을 얻은 듯합니다. 반복되는 음악 속에서 형이 발
견한 것은 속과 속의 속 그리고 그 속의 속으로 이어지는
끝없는 깊이였고, 그 깊이의 무게였으며, 그것을 때로 덜
어주는 일의 필요 같은 것이었으리라 생각합니다. 종종
덜어주지 않으면 속을 깊고 깊게 파내는 작업 중 폭탄을
발견하는 일이 될 수도 있기 때문일까요.
　단지 길어서가 아니라 숨을 멈추고 쏟아낸 것 같은 말
들을 어떻게 읽어야 할지 막막했던 작품, 「미래 중독」에
대해 이야기할 차례입니다. 이 유장한 표현들 옆에 저도
모르게 '속엣말'이라고 적어두었습니다. 속에 든 진심들과
속에 든 폭탄 같은 발언들. 우리의 몸속에 잠들어 있는 암
호들이 속속들이 드러날 때, "가난한 밤의 뒤편으로 슬픈
눈을 숨기는 어둠"의 얼굴을 오래도록 들여다보며, 한 사
람이 짊어져야 할 슬픔과 걱정의 양을 생각해보기도 했습
니다. 그 시를 드문드문 옮겨 적으며 따라가보려 합니다.

우주는 춥고 어둡겠지 아무것도 안을 수 없는 그곳이
너무 차갑고 캄캄해서
　　거기서 바라보면, 인간은 불덩이일지도 몰라
　　아직 꺼지지 않은 마음을 생활이라는 아궁이에 담고
서 벌겋게 식어가는 것

——「미래 중독」 부분

　시의 도입부에서 형은 극히 비관적으로 보이네요. 형을
한 번 만나본 사람들은 잘 웃던 얼굴을 기억할 거예요. 형
을 두 번 만나본 사람들은 자상하게 귀 기울이던 태도와
조언에 고마워할 테고요. 그러나 형을 열 번쯤 만난 사람
들은 웃는 얼굴과 귀 기울이는 자세 뒤편에 숨어 있던 형
의 속내에 극한 우울감이 있음을 알아챌 것입니다. 제가
아는 그러한 형처럼, 이 시는 원래 춥고 어두운 것이 자연
스러운 우주에서 비정상적인 열도로 살아가는 존재로서
의 인간을 그립니다. 그래서 "인간을 끄고/박수를" 치자
고 말하는 듯하고, 가족을 서로 물어뜯는 차가운 고깃덩
어리처럼 그리는 것도 같고요. 차게 식은 마음이 적어놓
은 구절들 같아요. 그런데 이 시는 이러한 생각을 그냥 방
치해두지 않습니다. 속의 속으로 진입할수록 어떤 복잡
함을 낳습니다. 그래서 형의 시에 불이 켜질 때마다 저는
긴장하게 됩니다. 이번 시집에도 그런 장면이 여럿 있죠.

「화전」은 살아내려 애쓰는 사람만이 지닌 마음의 열도를 떠올리게 합니다. 「저자」는 우리들 마음 깊숙한 곳의 난장을 그려내는 것 같고요.

들추지 마, 염도 안 한 고인을 보면 영원히 꿈속을 걷게 된다. 고인과 얼굴이 뒤바뀐 채 꿈 밖에 도착한다.
그러면 알게 되지, 꿈속의 얼굴이 거울 속에 있어, 매일 자신의 죽은 얼굴을 달고 아침이 시작된다는 것.

오래전 나는 폭탄을 품었다. 물컹하고 서러운 이것을 어디에 터뜨려야 할지 몰라

─「미래 중독」 부분

떠나보내지 못한 사람의 얼굴을 처음에는 아버지로 읽었습니다. 거울 속에서 '나'가 보는 고인의 얼굴은 아버지일 확률이 클 테니까요. 우리는 왜 아버지를 닮아가며 늙고 있는 것일까요, 형. 아버지의 어떤 면모들은 나이 든 아버지를 닮은 얼굴이 되고 나서야 비로소 조금씩 이해 가능한 것 같습니다. 아버지를 떠나보내며 형이 했다는 말을 기억합니다. 다음 생에는 아버지와 자식 간의 자리를 바꿔서 만나자고 했다며 웃는 표정으로 말했을 때, 저는 형이 너무 놀라운 일 앞에서 어정쩡하게 웃는 표정을 지어 보이는 어린아이가 되어 있는 듯 보여 마음이 오래 쓰

였습니다.

『아무 날의 도시』 후반부에 아버지와 작별하는 이야기
가 아프게 놓여 있다면, 이번 시집에는 어머니와의 생활
이 애잔하게 그려져 있기도 합니다. 「공가」와 「유례」에서
어머니의 세월을 그 옆자리에서 매만지는 형의 손길이 무
덤덤하여 안타까웠는데, 「미래 중독」에 적혀 있는 "폭탄"
을 보니 이상하게 조금 안도가 됩니다. 꼭 생물학적 아버
지나 어머니가 아니더라도 우리에게는 생을 준 존재들이
있죠. 한 시절의 친구가 혹은 연인이 혹은 선생님이 그러
한 것처럼요. 앞에서 이야기했듯 시인은 오지 않는 미래
속에서 현재를 느끼는 사람이잖아요. 이상하게 형이 이별
과 소멸을 이야기할 때면 자기 자신과의 이별과 소멸을
이야기하는 듯한 목소리로 들려 형의 안부를 살피게 됩니
다. 형은 여전히 유일무이함과 죽음에 예민한 열아홉 살
의 감각을 품고서 살고 있는 것일까요(「우연한 미래에 우
리가 있어서」). 「여성안심귀갓길」을 읽고는 형이 사람들이
닿을 수 없는 곳으로 사라졌을까 가슴을 쓸어내린 순간도
있었다는 말을 덧붙이고 싶습니다.

> 아닙니다. 나의 조상은 몽상가가 아니라
> 노동자였습니다.

노란 등불 아래 달그락거리는 수저 소리가 김 오르는

밥과 삭은 김치를 몸의 동굴 속으로 나르는 그러나
　꿈속의 생활이 아침과 함께
　깨지고,
　파업의 계절이 와 무성한 잎을 떨군 계곡 사이 제설
차가 빨간 등을 깜빡이며

　[……]

　세상의 모든 몸들 다시 휴경지로 돌아가, 세수를 하
고 밥을 먹고 출근을 하고
　긴 그림자를 이끌고 집으로 돌아오면

　[……]

　이건 악몽이고, 악몽은 잠 속에 있어야 하는데

　나는 한 번도 잠들지 않았습니다.
　　　　　　　　　　　　　　　　──「미래 중독」부분

　현실이 더 악몽 같은 날들,이라고 적다가『아무 날의 도
시』의 해설을 떠올립니다. 그 글에서 신형철 형이 형의 시
를 "2007년 중반에서 2012년 중반에 이르는 5년 동안을
포로로 살아낸 기록이"(p. 171)라고 부러 적으며 "CEO 출

신 대통령이 이 나라를 경영한 시기와"(pp. 171~72) 겹친
다고 에둘러 말했지만, 국가가 기득권의 사적이고 금전
적인 이익에만 목매달던 시기의 괴로웠던 심사가 드러나
는 것은 어쩔 수 없었죠. 그런데 그보다 더 심각하게 문제
적인 시대에 도달하리라고 누가 예상했을까요. 여기저기
"빨간 등"의 경고 지표가 발생하는 나라에서 살아가는 우
리의 "악몽은 잠 속에 있"(「미래 중독」)지 않습니다. 상상
이상의 몰상식과 무능이 판치고 권력을 쥔 법 기술자들이
하루가 다르게 나라를 망가뜨리고 있는 세상에서 불면의
나날을 보내는 사람은 부지기수일 것이라고 생각합니다.
우리는 진정 커다란 전환을 이뤄낼 여러 가지 방식의 상
상들이 절실한 시대를 살고 있어요.

　시인으로서 형은 그 절실함을 일상 속에서 수행해야 하
는 무엇으로 상정하고 있는 것 같아요. 다시 말해 형의 시
는 몽상과 노동 사이의 애매한 자리에서 그 애매함을 적
극적으로 견디고 있습니다. 세수하고 밥 먹고 그림자를
끌고 돌아오는 일상과 분리되지 않은 몽상이기에 시의 기
록들은 실현 가능성이 없는 장면의 나열이 아니며, 애타
게 끌어당긴 현실의 중심부에 이른다고 생각합니다. 그
리고 그 중심부에는 공터와 휴지가 있습니다. 우리의 불
행을 중단시킬 체제의 파업과 지친 사람들의 삶에 휴식
을 줄 '휴경지'의 상상이 어찌 공상일 뿐이라고 할 수 있을
까요. 형의 시에 놓여 있는 많은 건널목과 횡단보도가 실

은 그 중심부에 이르기 위한 길목이라는 생각이 새삼 저의 손가락에서 머릿속으로 빛과 소리를 동반하며 달려오는군요. '침묵을 깨뜨리며 열린 창문'과 "파랗게 질린 여름 잎들"(「침묵을 본뜬 것처럼」) 같은 이미지 앞에 자연스럽게 멈춰 서 형의 시에 내재된 전복의 힘을 느낀 사람이 저뿐일까요.

> 아침이면 슬픔이 빈 우체통처럼 서 있고 저녁이면 절망이 환풍기 소리로 울고
> 밤이면, 반짝이는 것들이 몸을 찔러 마침내 반짝임마저 지워버리는 목소리로
>
> *매우 그렇습니다, 1번*
> *매우 그렇지 않습니다, 4번*
> 사이
>
> ──「미래 중독」 부분

이 대목을 읽고는 무서워졌습니다. 살아가며 꿈을 꾸는 일이 심각한 마음의 병을 키우는 일이 될 수도 있다는 사실을 보여주기 때문입니다. 이름이 있어 견딜 수 있는 슬픔이나 절망에 비해, "매우 그렇습니다"와 "*매우 그렇지 않습니다*" 사이에서 측정되는 일에 실패하며 쓰러지는 마음의 상태가 왠지 더 공포를 불러오기도 했고요. 형의 비

관은 낙관에게 쉽사리 자리를 내주는 타협을 하고 있지 않더군요. 이어지는 해변의 장면도 그렇습니다. 얼룩말이 휩쓸려 가고 모두 '나'에게서 도망치는(속된 말로 토끼는) 장면은 형이 가닿은 고통의 순도를 절감하게 했습니다.

이 긴 시에는 형이 겪는 곤란함이 빼곡하게 자리하고 있었어요. 곤란함에서 쉽게 벗어날 해결책이 이 시에는 없습니다. 그만하라고 걱정해주는 사람의 목소리는 이 시에서 훼방꾼에 가까울 뿐입니다. 그러나 묘하게도 이 곤란함을 통해 형은 갇힌 곳에서 조금씩 놓여나는 듯도 합니다. 그래서 시의 마지막에서 안경을 찾아 쓰는 형의 모습이 안쓰럽게 보이지만은 않았습니다. 길을 찾는 사람처럼 보여 다행이었어요. 길을 가기 위해 눈길을 먼저 여는 장면처럼 보였다고나 할까요. 아픈 사람은 마음의 바닥에 이르러서야 아픔에도 바닥이 있음을 알게 되는 것인지도 모르겠어요. 그런 점에서 형이 「외시경」에서 본 어둠과 "어둠 속에 어둠 아닌 게 있다는 사실"을 저 또한 믿어요. 말이 쉽지 이 사실은 절대 머리로 가닿을 수 없는 영역일 것이라 생각합니다. 아픈 몸이 아픈 몸을 이끌고 가는 동안 도달 가능한 지점일까요. 문득 시인 김수영의 「아픈 몸이」(『김수영 전집 1 — 시』, 민음사, 1981)라는 시가 떠오릅니다. 거기 그렇게 적혀 있죠. "아픈 몸이/아프지 않을 때까지 가자/온갖 식구와 온갖 친구와/온갖 적들과 함께/적들의 적들과 함께/무한한 연습과 함께". 적어놓고 보니 형의 시가 하는 작업을 김수영이 설명해주는 느낌입니다.

누군가 신용목의 시가 요즘 어떠하냐고 묻는다면 이 「미래 중독」을 빼놓고 답하기 어렵겠다는 생각이 들었습니다. 이번 시집에 실린 모든 시는 이 작품과 더불어 읽을 필요가 있다고 생각해요. 형의 시들이 개화한 복잡한 마음의 터와 현실을 바라보는 시선이 이 작품에 구체화되어 있다고 느꼈습니다.

> 오늘은 오지 않았을 것이다, 멀리서 누군가 온몸으로 불을 들고 온다 온몸을 태우며 온다
> ──「우금치」부분

마지막으로 시 속 하나의 장면에 이르기 위해 형이 지나왔을 시간들을 생각해봅니다. 하나의 장면에 이르지 못해 백지 위로 온몸의 기억을 태우고 있을 시인들의 시간도 상상해봅니다. 그렇다면 백지 위에 내려앉는 것들은 몸과 기억이 재로 남은 흔적일까요. 재 속에 남아 있는 불씨를 가지고 다시 형이 끌어안았던 불들을, 매만져봤던 돌을, 머뭇거렸던 건널목을, 숨어 있던 밤들을 떠올려봅니다. 침묵 속에 있는 형을 몇 번 불러도 봅니다. 답이 없군요. 기다려봅니다. 형의 원고를 읽다가, 형의 시집들을 뒤적거리다가 다시 불러봅니다. 그러고 보니 불러본다는 말 속에도 불이 있군요. 누군가를 부르는 행위는 뜨거운

일이라는 것을 되처 생각해봅니다. 뜨거운 돌을 떠올려도 봅니다. 어두운 밤하늘에서 우리를 바라보는 달빛을 상상 해보기도 하고요. 그러다 어둠 속에서 돌아보는 형의 얼굴 을 얼핏 본 것도 같고, 누군가가 누군가를 부르는 목소리 를 바람 속에서 들은 것도 같습니다. 형의 시가 저에게서 멀리멀리 가지 않기를 바랍니다. 형의 시가 멀리멀리 가서 사람들의 마음에 환하게 불을 밝혀주기를 희망합니다.